1656

POÈMES,

Anck *so son*

PARIS,

ABEL LEDOUX, LIBRAIRE,

Quai des Augustins, N° 37

M. DCCC. XXXII.

POÉSIES.

30504

ÉVERAT , IMPRIMEUR,
rue du Cadran , n° 16.

POÉSIES,

PAR AMÉDÉE POMMIER.

Anch' io son pittore!

PARIS.

ABEL LEDOUX, LIBRAIRE,

QUAI DES AUGUSTINS, N° 37.

—

M DCCCXXXII.

AVERTISSEMENT DE L'ÉDITEUR.

L'auteur de ces poésies s'est fait connaître récemment par deux articles insérés dans le *Livre des Cent et Un,* et qui ont pour sujet les charlatans et les fêtes publiques. Ces deux morceaux, qui ont le mérite de peindre réellement la physionomie de Paris, se distinguent par le talent de l'observation, par la frappante vérité des tableaux, par beaucoup de vivacité, d'enjouement et de naturel.

Les poésies qu'on va lire sont d'un ton absolument différent, au point que, si l'auteur ne se fût pas nommé, on n'eût guère pu se douter qu'elles sortaient de la même plume. Ce sera un nouvel exemple à ajouter à ceux que notre siècle présente en assez grand nombre, et qui étaient rares autrefois, je veux parler des écrivains qui manient avec une égale facilité la prose et le vers.

Certes, les coteries prônent chaque jour des recueils qui sont loin de valoir celui-ci, et tout juge compétent et de bonne foi y trouvera, nous osons le garantir, de quoi justifier l'épigraphe du frontispice. On remarquera tour à

tour le gigantesque des images dans *le Déluge*
et 1812; la douceur tout élégiaque des sentimens et du style dans les stances *à Zélie, le
Bonheur de l'obscurité* et *l'Amant au tombeau
de son amante*; une grande élévation de pensée, une grande profondeur de méditation et
de rêverie dans *les Astres*; toutes les richesses
de la description, de l'harmonie et de la rime
dans *les OEuvres de Dieu* et *le Créateur à sa
créature*; une mélancolie pleine de charme
dans *le Cimetière* et *la Mort d'un enfant*; beaucoup de mouvement et une originalité piquante
dans *le 22 mai 1594*; une facilité gracieuse,
un sentiment délicat et vrai des beautés de la
nature, une exquise mélodie de versification
dans *la Journée du poète à la campagne*; en-

fin, une laborieuse perfection de détails, la nouveauté des peintures, l'heureuse propriété de l'expression et je ne sais quel fracas dithyrambique dans *le Métier des armes*.

En publiant ce volume, nous ne pouvons nous empêcher d'espérer pour lui quelque succès : ou tout sentiment d'art et de poésie est éteint parmi nous, ou le public encouragera de son suffrage l'incontestable talent qui brille dans le recueil que nous mettons sous ses yeux.

I.

Le Cimetière.

I.

LE CIMETIÈRE.

Que de fois, entraîné par un charme invincible,
J'ai visité des morts la demeure paisible,
Et respiré près d'eux ce calme bienfaiteur
Qui seul sait apaiser les orages du cœur !

Les favoris du sort, les heureux de la terre,
Craignent ce lieu de deuil, ce séjour solitaire,
Où partout de la mort les coups sont annoncés.
Les générations qui les ont devancés,
Et qui dans le tombeau dorment anéanties,
Tant de prospérités tout à coup démenties,
Leur feraient trop sentir qu'il n'est rien de réel
Dans des biens, des trésors, dont le maître est mortel.
Ils évitent l'aspect des pierres sépulcrales,
Et ces inscriptions, ces funèbres annales,
Qui gardent les regrets du sang ou de l'amour,
Vestiges de la vie, effacés à leur tour !
A de bruyans plaisirs abandonnant leur ame,
Ils tâchent d'oublier la mort qui les réclame,
Et si le noir abîme est ouvert devant eux,
Ils y marchent du moins en détournant les yeux.

Mais celui dont le cœur contemplatif et tendre

Connaît ces pleurs secrets que l'on aime à répandre,

Dont les jours inconstans et mêlés de chagrins

N'ont pas toujours coulé paisibles et sereins,

Et pour qui le destin, plus sombre et plus sévère,

A rendu de la mort l'attente moins amère,

Celui-là sait se plaire à rêver un moment

Sur une cendre éteinte, au pied d'un monument.

Devant le sablier, mélancolique emblème,

Il songe à tous les siens, aux humains, à lui-même,

Que l'étroite prison doit un jour engloutir.

Il regarde ce terme où tout vient aboutir,

Et voit des nations disparaître la foule,

Comme un torrent d'hiver qui gronde et qui s'écoule!

Il voit de toutes parts des êtres d'un instant

Sur ce globe éternel s'agiter en passant;

Il voit planer sur eux le temps qui les moissonne.
Ces sublimes leçons que le cercueil lui donne
Font couler par degrés jusqu'au fond de son cœur
Un attendrissement qui n'est pas sans douceur,
Et, du bord de la tombe à ses côtés creusée,
Jusqu'aux pieds de Dieu même élèvent sa pensée.

Marchons donc aujourd'hui vers le champ du repos,
Et parcourons encor la cité des tombeaux.

A pas lents et pensifs je gravis la colline.
Dans le cercle étendu que son plateau domine,
Et qui fuit mollement en lointains vaporeux,
Un superbe tableau se déploie à mes yeux.

Quel beau jour ! quel air pur ! quel horizon immense !
Dans l'espace azuré descendant en silence ,
Le radieux soleil , ce roi du firmament ,
Allume sur le pôle un large embrasement ,
Et , près de terminer sa sublime carrière ,
Verse encore à grands flots l'éternelle lumière !
J'ai Paris devant moi ; plus près, les lits de mort ,
Où de ses habitans l'humble poussière dort ;
A mes côtés , des fleurs et d'agréables sites ;
Sur ma tête, un ciel bleu, brillant et sans limites !

Magnifique univers , assis près d'un cercueil ,
Ta pompe me présente un plus touchant coup-d'œil.
Né sujet du néant, fragile créature ,
A jouir des beautés qu'étale la nature

Je crois entendre ici le trépas m'inviter,

En me disant qu'un jour il faudra tout quitter !

Oui, les moindres objets dans ce lieu m'attendrissent ;

Ils pénètrent mon cœur, le charment, l'amollissent.

La pureté des cieux, le doux chant d'un oiseau,

Quelque orphelin obscur priant sur un tombeau,

Tant d'hommes, mes pareils, qui reposent ensemble,

Le zéphir qui gémit et le gazon qui tremble,

Tout porte dans mon ame, ouverte au sentiment,

Une volupté triste, un saint recueillement.

J'entends dans le lointain le fracas de la ville.

Mais comme dans l'enclos l'air est morne et tranquille !

On semble respirer, au pied de ces cyprès,

Un calme précurseur de l'éternelle paix.

Qu'ils sont silencieux les rameaux de ces arbres !

Quelle ombre assoupissante ils jettent sur ces marbres !

Les hôtes de la mort, sur leur couche étendus,

Dans le dernier séjour habitent confondus.

En ce lieu l'orgueil cesse, et les grandeurs se brisent;

Six pieds de terre au grand comme à l'humble y suffisent;

Plus de distinction, plus d'éclat emprunté ;

Par-delà le tombeau règne l'égalité.

Et pourtant, ô folie ! ô pénible contraste

De faiblesse et d'orgueil, de néant et de faste !

Un sépulcre, chargé de pompeux ornemens,

Du riche qui n'est plus couvre les ossemens ;

On y grave des noms qu'il ne peut plus entendre ;

On bâtit des palais pour mettre un peu de cendre !

Mais le temps, des mortels immortel ennemi,

Peut briser le plus vaste et le mieux affermi.

Ces masses de granit, qui semblent si solides,
Ces funèbres caveaux, ces hautes pyramides,
Il en ébranlera les secrets fondemens,
Et saura les broyer dans leurs derniers fragmens.

Oh! combien je préfère à ce luxe inutile
Un tombeau plébéien, simple et modeste asile,
Où les mânes obscurs de parens bien-aimés,
Réunis pour jamais et sans pompe inhumés,
De leurs enfans chéris reçoivent pour offrande
Un regret, une larme, une fraîche guirlande!

Tous ces morts inconnus, pères, frères, époux,
Ont souffert autrefois, ont pleuré comme nous;

Car il n'est que trop vrai, l'homme est né pour la peine ;
Sur la terre, pour lui, le mal au mal s'enchaîne ;
Nous nous traînons courbés sous la verge du sort ;
Un point sépare seul la naissance et la mort,
Et, quoique cette mort si promptement arrive,
L'infortune souvent la rend encor tardive.

Qui d'entre nous, hélas ! n'a point à déplorer
De ces pertes du cœur qu'on ne peut réparer ?
Moi-même j'ai suivi le cercueil d'une mère ;
La terre de l'oubli, cette cruelle terre,
Recouvrit devant moi son corps inanimé ;
On nivela le sol, et tout fut consommé !
Épouvantable instant ! quelle douleur vous navre,
Quand l'être qu'on aima n'est plus qu'un froid cadavre,

Quand de l'objet sacré que l'on s'est vu ravir
Il ne reste plus rien qu'un nom qui doit périr !
Heureux ceux que le ciel dès leur printemps délivre
Du tourment de prévoir et du danger de vivre !
Chaque instant verse en nous quelque chagrin amer ;
Nous voyons expirer tout ce qui nous fut cher ;
Puis notre ame s'éteint, sans retour exhalée.

Parle-moi du passé, gothique mausolée,
Où depuis si long-temps deux amans malheureux
Ont perdu dans la mort leur tendresse et leurs feux !
Héloïse, Abailard, noms touchans, cœurs fidèles,
D'infortune et d'amour ô trop parfaits modèles,
Dans quel morne repos le temps vous a plongés !
Sur vos sens, de regrets et de douleurs rongés,

Le néant a versé sa froide léthargie.

Que reste-t-il de vous? une vaine effigie,

Un lointain souvenir, quelques écrits brûlans,

Mais qui mourront aussi sous l'attaque des ans.

Je m'éloigne en rêvant de ce couple célèbre,

Et dirige mes pas vers un tertre funèbre

Qui me pénètre encor de mille émotions.

Que ne puis-je y trouver des inspirations

Dignes du nom chéri qui dans ce lieu m'amène !

Je marche sur la tombe où dort Jean La Fontaine,

Écrivain enchanteur, qui suit naïvement

D'un instinct merveilleux l'intime mouvement,

Phénomène sans pair, plume unique et divine,

Mêlant à la finesse une grâce enfantine,

Et trouvant de ces traits dont l'étonnant bonheur
Est, non le fruit de l'art, mais le secret du cœur!
Sommeille en paix, ô toi qu'avec tendresse on nomme,
Chez qui le grand auteur cède à l'excellent homme,
Et dont *les Deux Pigeons*, toujours sûrs de charmer,
Rediront à jamais que tu savais aimer !

Des pensers différens, d'autres ombres m'appellent.
Je porte mon hommage aux urnes qui recèlent
Les débris glorieux des modernes héros,
De ces braves guerriers, de ces grands généraux,
L'honneur de notre France et l'effroi de la terre.
Il est passé ce temps de gloire militaire,
Où, quittant ses foyers, un peuple de soldats,
Terrible et triomphant, s'élançait aux combats,

Et suivait, le cœur plein d'une ivresse profonde,
Un Jupiter nouveau qui tonnait sur le monde !
Nous nous les rappelons, ces hauts faits, ces grands jours,
Qu'amena l'autre siècle en achevant son cours.
Comme un jeune lion dont la chaîne est brisée,
La France, de courroux et d'espoir embrasée,
Armait de ses enfans les héroïques bras,
Et terrassait l'orgueil des plus fiers potentats.
Ces nobles souvenirs sont ceux de mon enfance.
Mes yeux en s'entr'ouvrant virent notre puissance ;
Des plus brillans exploits alors je fus témoin ;
Un jour s'est écoulé : le rêve est déjà loin.
Époque triomphante, où le sort des batailles
De drapeaux ennemis décorait nos murailles ;
Jours de prospérité, règne de nos grandeurs,
Pourquoi m'arrachez-vous des soupirs et des pleurs?

Ah ! c'est qu'au souvenir de nos mille victoires
Se mêlent des regrets et des images noires,
C'est que je vois encor les effrayans revers
Qui de nos longs succès ont vengé l'univers.
Saluons néanmoins le froid cercueil du brave,
Et que le vieux soldat de son épée y grave
L'histoire de son chef et ses propres regrets.

Mais, tandis qu'appuyé sur ces marbres muets
Je me livre aux pensers que leur aspect fait naître,
L'astre brillant du jour commence à disparaître.
Son large globe d'or descend sous l'horizon,
Et dans l'immensité jette un dernier rayon
Qui nuance les cieux de teintes safranées ;
D'incertaines vapeurs, dans les airs promenées,

Comme un rideau de gaze immense et nuageux,

Éteignent du soleil les reflets lumineux ;

De mille tons divers l'Olympe se colore ;

La nuit lève son front du côté de l'aurore ;

L'éclat du firmament, par degrés effacé,

Se perd dans un azur de plus en plus foncé :

Bientôt Vesper se montre, et les yeux des étoiles,

De l'ombre tour à tour perçant les premiers voiles,

Reprennent leur splendeur que ternissait le jour,

Et semblent regarder ce tranquille séjour.

La lune roule aussi dans l'éther diaphane

Son char silencieux d'où le repos émane.

Que sa douce présence émeut profondément,

Près de tous ces mortels couchés sans mouvement !

Les rayons onduleux, détachés de son disque,

Éclairent à demi le blanchâtre obélisque.

2

Et le font apparaître en ce séjour de deuil
Comme un fantôme pâle et voilé d'un linceul.

Encor quelques instans, et la même lumière
Dans le calme des nuits tombera sur la pierre
Où mes restes glacés seront ensevelis.
Sur ces tombeaux épars c'est mon sort que je lis :
De la loi du trépas nul ne peut se défendre ;
Au commun rendez-vous il me faudra descendre,
Et dans ces lieux déserts déjà je crois ouïr
Une voix qui tout bas me dit : Songe à mourir !

Mourir ! ah ! de nos maux c'est encor là le moindre !
Qui donc consentirait à ne jamais rejoindre

Ses amis, ses parens, arrachés de ses bras ?
Surtout lorsqu'au-delà des ombres du trépas
L'espérance nous montre un lumineux asile,
Où, jouissant enfin d'un destin plus tranquille,
Et trouvant le bonheur au sein de l'Éternel,
L'ame s'enivrera des délices du ciel ?
Oui, c'est pour peu de temps que l'on perd la présence
De celui qui dépouille une frêle existence,
Et tous les compagnons de nos jours de douleur,
Nous devons les revoir dans un monde meilleur.
La nuit autour de moi règne dans l'étendue ;
Mais cette obscurité, loin de borner ma vue,
Agrandit la nature, et découvre à mes yeux
L'espace au loin semé de globes radieux.
La mort, j'aime à le croire, est semblable aux ténèbres ;
Elle cache un beau jour sous ses crêpes funèbres,

Et, levant le bandeau dont nos yeux sont couverts,
Dévoile à nos regards un nouvel univers.

II.

Le Déluge.

II.

LE DÉLUGE.

Le Seigneur pour le juste est doux et tutélaire :
Mais malheur aux méchans que poursuit la colère
De ce Dieu dont l'amour est notre unique appui !

Rien ne peut échapper à son bras invisible ;
　　Sa vengeance est terrible
　　Et grande comme lui.

L'univers se souvient de l'époque funeste,
Où tout ce qui vivait sous le cintre céleste
Disparut, à sa voix, dans un vaste tombeau,
Alors qu'un océan profond et solitaire
　　Vint engloutir la terre
　　Comme un frêle vaisseau.

L'Éternel s'était dit : O race trop impie !
Tu dors paisiblement, dans le crime assoupie,
Sans songer à ton Dieu, sans craindre ton arrêt :

Ils sont enfin passés les jours de la clémence ;

  Un autre temps commence,

  Et le supplice est prêt.

De tes affreux forfaits j'étoufferai le germe ;

Ma longanimité, que tu croyais sans terme,

Cède au juste courroux qu'allument des pervers ;

Et le coup dont ma main va frapper les victimes

  Égalera les crimes

  Qui souillent l'univers.

Enfans dénaturés, vos ames pécheresses

Frémiront à l'aspect des ondes vengeresses

Que je vais envoyer pour éteindre vos jours ;

Car ma bouche a porté l'immuable sentence
            Qui de toute existence
            Interrompra le cours.

Vous n'aurez ni linceuls , ni marbres funéraires ;
Vous mourrez dans les flots , insectes téméraires ;
Vous mourrez ! votre Dieu fit mal en vous créant.
Vos excès ont d'un père épuisé l'indulgence :
            Craignez donc sa vengeance ;
            Il vous rend au néant.

La terre n'offrira qu'une surface rase ;
Les eaux de ma colère , assaillant le Caucase ,
Rouleront avec bruit sur ses derniers sommets ;

Et les monts, tout chargés de dépouilles marines,
    Des vengeances divines
    Parleront à jamais.

Des mortels toutefois qu'il reste quelque trace.
Des méchans seulement j'extirperai la race ;
Il est un homme encore innocent à mes yeux :
Dans l'arche de salut, Noé, porté sur l'onde,
    Repeuplera du monde
    Le désert spacieux.

Quand tout aura péri, renouvelant mes pactes,
Je fermerai du ciel les larges cataractes,
Et l'abîme béant boira les vastes mers ;

De l'arc libérateur , peint de mille nuances ,
　　Les douces influences
　　Éclairciront les airs.

Mais il me faut d'abord contenter ma justice ;
Aux ordres de son Dieu que l'abîme obéisse ;
Qu'il dilate sa bouche et vomisse ses flots !
Je leur ai tout livré ; que rien ne les arrête ;
　　Qu'ils surmontent le faîte
　　Des rochers les plus hauts.

Entendant cette voix , la nature chancelle ;
Le firmament s'entr'ouvre , et déjà tout ruisselle ;
Déjà volent au loin l'épouvante et l'horreur ;

Un vent glacé mugit dans les célestes plaines ,
    Des tempêtes prochaines
    Sinistre avant-coureur.

Les cieux étaient voilés de nuages livides ,
Et l'onde descendait en colonnes rapides
Sur le séjour impur de l'homme condamné ;
L'Océan commençait à franchir son rivage ,
    Tel qu'un monstre sauvage
    Tout à coup déchaîné.

Les fleuves , les torrens envahissaient les plaines;
L'eau , s'ouvrant en secret des routes souterraines,
Du globe détrempé noyait les profondeurs;

Surprises par les flots dans leurs sombres repaires,
De hideuses vipères
Fuyaient vers les hauteurs.

Le deuil, l'effroi, la mort régnaient sur la nature.
Dieu détruisait son œuvre, et toute créature
Allait rentrer bientôt dans l'éternelle nuit.
Les mortels éperdus désertent les campagnes ;
Ils gagnent les montagnes ;
L'Océan les y suit.

Pâles, défigurés, ils fixent en silence
Un regard inquiet sur cette mer immense,
Et qui, comme le temps, marche sans s'arrêter ;

Elle monte, elle vient, terrible, inévitable :

    Tu peux, race coupable,

    A mourir t'apprêter.

Ils s'enferment le soir dans d'humides cavernes ;

Mais, aux tristes lueurs de quelques flambeaux ternes,

Ils veillent ; le repos loin de leurs yeux s'enfuit :

Des flots inassoupis qui du ciel se répandent

    Sans relâche ils entendent

    Le monotone bruit.

Ils sortent le matin, l'air défait, le teint hâve

Roulant un œil hagard dans un orbite cave,

Et faisant pour marcher un douloureux effort,

Simulacres humains, silencieux fantômes,
Offrant tous les symptômes
Du crime et de la mort.

Les collines sous l'eau déjà sont nivelées;
Les têtes des sapins pendent échevelées;
On voit flotter au loin des cadavres épars,
Et la clarté n'est plus qu'un faible crépuscule
Qui lentement circule
Dans d'opaques brouillards.

Ces pesantes vapeurs assiégent l'atmosphère.
Le disque du soleil, sans chaleur, sans lumière,
Comme l'œil d'un mourant apparaît dans les cieux.

Ce n'est plus le soleil ; c'est un fantôme d'astre
    Qui sur ce grand désastre
    Épand un jour affreux.

Dieu puissant ! Dieu vengeur ! criaient les multitudes,
Oui, nous nous repentons de nos ingratitudes ;
Seigneur, n'achève pas de nous exterminer ;
De tes fils supplians vois la douleur amère ;
    Que leur humble prière
    T'engage à pardonner.

Notre effroi t'a vengé ; fais-nous miséricorde ;
Repousse dans son lit cette mer qui déborde ;
Le flot impétueux t'écoute aveuglément ;

Toi seul, à sa fureur assignant des limites,
    Retiens ou précipites
      Ce terrible élément.

Écarte du soleil ces ombres nébuleuses.
Nous avons vu périr des cités populeuses;
Il ne reste plus rien des travaux des humains :
Veux-tu que leur ruine en entier se consomme,
    Et détruiras-tu l'homme,
      Ouvrage de tes mains?

Ainsi criaient vers Dieu les peuples pleins de crainte :
Mais le juge suprême était sourd à leur plainte;
De leurs forfaits passés la mort sera le prix.

Ouvrant du firmament la voûte chancelante,
La foudre étincelante
Répond seule à leurs cris.

L'onde avance toujours : bientôt plus de refuge ;
La terre diminue, et l'immense déluge
Resserre pas à pas le séjour des vivans.
Les caps, les archipels tour à tour disparaissent ;
Les continens s'affaissent
Dans des gouffres mouvans.

L'universelle mer, roulant des vagues noires,
Détache en rugissant de vastes promontoires,
Et balaie en son cours des monts déracinés.

Le globe est surchargé de l'onde qui le noie ;
    L'axe gémit et ploie
    Sous les flots mutinés.

La bouche des volcans est par eux submergée ;
Entre l'onde et la flamme une lutte engagée
Dans leurs noirs souterrains ébranle ces enfers ,
Et l'eau rétrogradant, comme une immense trombe,
    Rejaillit et retombe
    En sifflant dans les airs.

Cependant les mortels, de frayeur immobiles ,
Se tenaient sur les monts devenus autant d'îles ;
L'horizon n'offrait plus qu'un chaos menaçant.

Les anges regardaient, pleins d'un trouble invincible,
  Ce spectacle terrible
  D'un monde agonisant.

Des malheureux, portés par les lames roulantes,
Saisissent de leurs bras les roches découlantes;
Mais le marbre glissant échappe à leurs efforts.
Épuisés de vigueur, la vague les secoue,
  Les suffoque, et se joue
  Avec ces faibles corps.

Femmes, enfans, vieillards, par leur triste attitude,
Expriment du trépas l'affreuse certitude.
Ici le frère pleure un frère inanimé;

Là, deux époux, marquant la douleur qui les navre,
    Contemplent le cadavre
    De leur fils bien aimé.

Mais déjà de plus près le fléau les menace.
La mer grossit encor sa gigantesque masse ;
Tout est bouleversé par les flots triomphans ;
Ils marquent leur passage, et vers la Sibérie
    L'onde errante charrie
    Des troupeaux d'éléphans.

Les oiseaux de leur ciel parcourent les espaces :
Mais ils cherchent en vain ; leurs ailes bientôt lasses
Ne les soutiennent plus dans le vide des airs ;

Fatigués, palpitans, ils tournent, ils s'étonnent,

    A leur sort s'abandonnent,

    Et tombent dans les mers.

Enfin le désert d'eau couvre toute la terre.

Dernier débris du globe, un sommet solitaire

Surmonte encor le flot incessamment accru;

Quelques infortunés y pendent sur l'abîme;

    Mais l'onde atteint la cime ,

    Et tout a disparu.

III.

A Bélic.

III.

A ZÉLIE.

Idole et charme de ma vie,
Tu sais endormir tous mes maux;
Tu sais me rendre le repos
De mon enfance évanouie.

Lorsque mon cœur est languissant,
Par ton aspect tu le consoles,
Et la moindre de tes paroles
Y verse un baume adoucissant.

Ton regard chasse les nuages
De la tristesse et du malheur,
Comme un astre préservateur
Qui brille à travers les orages.

Qu'il m'est doux d'avoir ton soutien,
De trouver au désert du monde
Un cœur, un seul, mais qui réponde
A tous les mouvemens du mien !

Souvent avec persévérance
Le sort nous verse les douleurs ;
Souvent, à force de rigueurs,
Il décourage l'espérance.

Comme un funéraire flambeau,
L'homme tristement se consume,
Et marche, abreuvé d'amertume,
Vers les ténèbres du tombeau.

Mais, près de celle qu'il adore,
Oubliant son destin cruel,
Le plus infortuné mortel
Peut quelquefois sourire encore.

Un jour, fatigué de sévir
Contre une race misérable,
Le ciel créa ton sexe aimable
Pour consoler et pour guérir.

Oui, tous les chagrins, ma Zélie,
Semblent mêlés de volupté,
Lorsqu'on traverse à ton côté
Le sombre vallon de la vie !

Les humains peuvent m'oublier :
Je n'aurai point la crainte amère
De mourir, triste, solitaire ;
Indifférent au monde entier.

Tu garderas un regret tendre
De celui qui fut ton amant,
Et qui dormira mollement
Si tu viens visiter sa cendre.

Sur cet espoir, ô mes amours,
Malgré la nuit qui m'environne,
Nonchalamment je m'abandonne
Au vol précipité des jours.

IV.

La Mort d'un Enfant.

IV.

LA MORT D'UN ENFANT.

Il est gisant sur le rivage
Le jeune arbuste à peine né,
Qui d'un destin plus fortuné
Semblait nous offrir le présage :

Hier il croissait couronné

D'un tendre et verdoyant feuillage :

Qui pouvait prévoir que l'orage,

Contre lui soudain déchaîné,

Aurait si tôt déraciné

Ce frêle ornement du bocage ?

Repose en paix, aimable enfant,

Qui, par un arrêt trop sévère,

Comme une étoile passagère,

N'es venu briller qu'un instant

Aux yeux attendris de ta mère,

Et qui, sensible et caressant

Durant ton séjour sur la terre,

Souriais même en approchant

De la longue nuit funéraire

Où t'a replongé le néant !

Hélas ! nos cœurs, sans défiance,
Rêvaient déjà ton avenir,
Et se plaisaient à l'embellir
Des doux rayons de l'espérance :
Nous étions loin de pressentir
Cette inexorable sentence
Qui te condamnait à mourir
Dans le berceau de ta naissance.
Mais pourquoi plaindre ton destin ?
Ah ! quand on a connu la vie,
On porte bien souvent envie
A qui n'a vécu qu'un matin.
Est-il un sort plus déplorable
Que de s'éteindre avec lenteur,
Et de voir le temps destructeur
Frapper d'un bras impitoyable

Tout ce qu'a chéri notre cœur?

En nous éloignant du rivage,

Il nous faut chaque jour pleurer

Quelque compagnon de voyage

Dont la mort vient nous séparer.

Les sens eux-mêmes s'affaiblissent;

Le corps cherche en vain sa vigueur;

De l'ame tombée en langueur

Les facultés s'anéantissent;

Les accès du cœur sont fermés,

Et, presque détaché de l'être,

On cesse enfin de reconnaître

Ceux que l'on a le plus aimés!

Telle est la fidèle peinture

De ce vieillard à son déclin,

Pour qui le temps et le chagrin

Ont désenchanté la nature.

Combien ton partage est heureux,

Enfant qui meurs à ton aurore,

Sans avoir pu connaître encore

Tant de supplices douloureux !

Ton ame, paisible, ingénue,

Conservant ses illusions,

N'a point senti ces passions

Dont le feu dévorant nous tue.

Des ennemis insidieux

N'ont point trompé ta confiance ;

Tu croyais voir la bienveillance

Sur tous les fronts, dans tous les yeux,

Et tu revoles vers les cieux

Avec ton heureuse ignorance :

Qu'on est plus digne de pitié

Lorsqu'une triste expérience

Vous a montré l'indifférence

Où l'on espérait l'amitié !

Ta course est bien vite accomplie :

Mais tu n'as connu ni remords ,

Ni crainte , ni mélancolie ;

Tu n'as fait qu'effleurer les bords

Du calice amer de la vie.

En t'accordant de plus longs jours

Dans ce royaume de misère,

Le sort, qui ferme ta paupière,

T'aurait fait regretter le cours

De ta félicité première.

Peut-être n'est-il point cruel

En te privant de l'existence ,

Quand tu n'as connu sous le ciel

Que le doux baiser maternel
Et le bonheur de l'innocence !

V.

Le Bord de l'eau.

V.

LE BORD DE L'EAU.

Je te revois, île chérie,
Frais et voluptueux séjour,
Où l'ombrage, arrêtant les traits brûlans du jour,
Et formant sur ma tête une arcade fleurie,

Semble fait pour cacher les larcins de l'amour,
    Et pour protéger tour à tour
    Le sommeil et la rêverie !

Saule mélancolique, abaisse sur mes yeux
    Ta longue et molle chevelure.
    La pâleur de cette verdure,
Ces rameaux languissans, tristes, silencieux,
Rappellent à mon cœur l'aspect d'un malheureux
    Pleurant sur quelque sépulture.

Arbre cher au poète, arbre ami du repos,
Fais-moi goûter encor ton ombre hospitalière ;
Fais pendre sur mon front tes festons inégaux,

Et qu'à travers ce voile une tendre lumière
Effleure doucement ma tranquille paupière,
Comme un songe léger versant l'oubli des maux!

Je dépose à tes pieds tout sentiment pénible.
  Ici mon cœur, inaccessible
Aux soins de l'avenir, aux regrets du passé,
Par la molle indolence aimablement bercé,
Laisse couler le temps dans sa fuite insensible.

  Le ciel est pour moi plus serein
  Dans cette heureuse solitude;
  Une profonde quiétude
Semble du haut des airs descendre dans mon sein;

Elle y verse à longs flots l'oubli, l'indifférence
Des plaisirs mensongers et des chagrins réels.
Sur un lit de gazon, qu'entoure le silence,
Goûtant de ces beaux lieux les charmes naturels,
Je sommeille à demi, sans songer aux mortels,
 Et nonchalant de l'existence.

Des flancs du mont natal, en ruisseau descendu,
Pour se livrer ensuite à sa course incertaine,
Le fleuve devant moi lentement se promène,
 Et dans la campagne épandu,
Roule ses belles eaux sur une blonde arène.
Qu'il charme les regards par sa limpidité!
 Dans sa carrière spacieuse
 Marchant avec tranquillité,

D'une nature gracieuse

Il réfléchit les traits et la sérénité.

Au sein des prés fleuris je le vois qui serpente ;

    Mais, quoiqu'il coule avec lenteur,

Il s'enfuit néanmoins, ainsi que le bonheur,

    Par une irrésistible pente.

    Avant d'arriver en ces lieux,

    Dans ses détours capricieux,

    Il baigne cent plaines fécondes ;

Puis vient presser cette île aux bords délicieux

    De la ceinture de ses ondes.

Du flot qui cède au flot le sourd bruissement,

L'agréable fraîcheur de l'élément liquide,

    Le calme de l'isolement,

Voilà les voluptés dont mon ame est avide.

Tantôt, le cœur ému par un charme secret,
    Je prête une oreille pensive
    A la voix de l'onde plaintive
    Qui coule, coule et disparaît,
    Et, dans sa marche fugitive,
    Le long des roseaux de la rive
    Semble soupirer de regret.
Tantôt, plein des accords de cette onde inspirante,
Je fixe dans des vers, sans travail enfantés,
Les vagues sentimens, les rêves enchantés,
    Que son doux murmure alimente.
    Quelquefois, d'un regard errant,
    Je suis le spectacle mobile

De la lumière qui vacille
En reflets d'or sur le courant.

Cependant le soleil, quittant notre hémisphère,
Ne nous adresse plus que d'obliques rayons;
Du lointain occident il gagne la barrière,
Et va darder ses feux à d'autres régions.
Sa vigilante sœur à l'instant le remplace:
L'astre qui préside au repos
Des plaines d'alentour éclaire la surface,
Et brille à plis d'argent sur la nappe des eaux.
Comme son char paisiblement voyage
Dans les espaces de la nuit!
Comme son regard s'introduit
Sous ces portiques de feuillage!

Comme son doux éclat reluit
Sur le flot inconstant qui berce son image !

Beaux lieux, réduits secrets, aux approches du soir,
Je reviendrai souvent contempler la nature ;
A l'ombre des rameaux tressés en voûte obscure,
    Souvent je reviendrai m'asseoir.
Il est doux de céder à la mélancolie,
En laissant ses regards rêveusement flotter
Sur l'humide élément qu'on ne peut arrêter,
    Et qui s'écoule avec la vie.

VI.

Les Oeuvres de Dieu.

VI.

LES ŒUVRES DE DIEU.

Dieu, dans sa sagesse profonde,
A-t-il tout créé par sa voix,
Ou si le hasard seul au monde
Impose aveuglément ses lois?

Pour te délivrer de ce doute,
Homme, vers la céleste voûte
Élève un moment tes regards ;
Parcours ce magnifique livre :
Le nom du Dieu qui te fait vivre
Y resplendit de toutes parts !

Il a bâti cette coupole
Dont lui seul sait la profondeur,
Pour être à jamais le symbole
De son immortelle grandeur.
Comme un incomparable peintre,
Des airs il colore le cintre
Pour le seul plaisir de tes yeux,
Et, pour tempérer la nuit sombre,

Il a peuplé d'astres sans nombre
L'abîme illimité des cieux !

Soumis à la main qui les lance
Comme des vaisseaux sur la mer,
Vois-les traverser en silence
Les solitudes de l'éther.
Vois le grand dieu qui nous anime,
Comme une poussière sublime ,
Semer, dans les champs azurés,
Ces étincelles vagabondes ,
Ces points brillans qui sont des mondes
Marchant à pas démesurés !

Vois ce soleil qui sur ta tête
Décoche au loin ses flèches d'or,
Qui, des cieux franchissant le faîte,
Semble orgueilleux de son essor.
Chaque jour l'aurore l'annonce;
La nuit disparaît et s'enfonce
Dans les profondeurs des enfers,
Et l'orbe enflammé qui rayonne
Verse les feux de sa couronne
Jusqu'aux confins de l'univers.

Vois la lune, astre plus modeste,
Qui, quand le monde est endormi,
Paraît dans l'enceinte céleste
Qu'elle n'éclaire qu'à demi.

Douce et timide souveraine ,

Sa présence affaiblit à peine

L'éclat des constellations ,

Et son auréole blanchâtre ,

Comme un feu caché dans l'albâtre ,

Épand de suaves rayons.

Vois , quand la foudre au loin lancée

Vient d'épouvanter l'univers ,

D'Iris l'écharpe nuancée

Se dérouler au sein des airs ;

Vois les nuages dans l'espace

Tantôt ondoyer avec grâce

En longues zônes de satin ,

Tantôt , montagnes gigantesques ,

Teindre leurs cimes pittoresques
Des reflets pourprés du matin.

Si tu redescends sur ce globe
Qui te fut donné pour palais,
Le Dieu qu'un voile te dérobe
S'y montre encor dans ses bienfaits.
Partout de ce maître qui t'aime
Tu lis la puissance suprême
En caractères éclatans,
Et, si ton œil n'était débile,
Tu verrais son trône immobile
Sur le grand rivage du temps !

Que de richesses il prodigue,
Afin d'embellir ton séjour !
Sa bonté, que rien ne fatigue,
Les renouvelle chaque jour:
C'est lui qui sème la verdure,
Qui donne aux forêts leur parure,
Qui des champs compose l'émail ;
C'est lui qui gouverne les ondes,
Et dans leurs cavités profondes
Fait germer l'ambre et le corail.

Dieu seul féconde les entrailles
Des monts où filtrent les métaux ;
Dieu seul argente les écailles
Du poisson caché sous les eaux.

Quel autre eût dit à la baleine :
« Ces mers, qu'ébranle mon haleine,
Te rouleront dans leurs vallons ? »
Quel autre eût dit au faible arbuste :
« Je veux qu'un jour ton front robuste
Brise l'effort des aquilons ? »

Il ceint la panthère qui rôde
De son vêtement somptueux ;
Il teint du vert de l'émeraude
Le corps du boa monstrueux.
Reconnais sa brillante image
Dans le cygne au neigeux plumage,
Dans l'aigle au regard plein d'orgueil,
Dans la forme du faon timide,

Dans les crins du coursier numide,
Dans les pas légers du chevreuil!

Sur la terre où tu te promènes,
Et dont il t'a créé le roi,
Les plus imposans phénomènes
Se reproduisent devant toi;
Jusque sous la zône polaire
Il éternise la colère
De ces volcans majestueux,
Minés par des fleuves de soufre
Qui des flancs haletans du gouffre
Sortent à bonds impétueux !

Quel spectacle plus grandiose
Que ces inaccessibles monts,
Où l'hiver engourdi repose
Sur une couche de glaçons;
Qui, de forêts primordiales,
De vieilles roches colossales
Environnés de toutes parts,
Portent au ciel leurs têtes blanches
Où se forment les avalanches
Derrière un rideau de brouillards?

Quel coup d'œil plus beau, plus sublime,
Que les fureurs des océans,
Quand le regard plonge et s'abîme
Dans leurs précipices béans;

Quand l'ouragan rugit sur l'onde ,

Que la voix du tonnerre gronde ,

Et qu'à la lueur de l'éclair

Les vents , dans leurs bruyantes luttes ,

Roulent en liquides volutes

Les flots verdâtres de la mer ?

Mais près de ces tableaux terribles

Veux-tu des tableaux gracieux?

Des objets presque imperceptibles

Feront le charme de tes yeux.

La main qui pesa la matière

Dans les flancs d'un grain de poussière

Prépare au ciron son abri ;

La main qui dore les planètes

Couvre d'éclatantes paillettes
Le corps du frêle colibri.

Admire la délicatesse
Du ver luisant et de la fleur,
Aussi beaux dans leur petitesse
Que le soleil dans sa grandeur !
Regarde sur la rose humide
Dormir la verte cantharide
Qui réfléchit les feux du jour,
Ou suis de corolle en corolle
L'abeille errante qui s'envole
Et qui s'arrête tour à tour !

Posé sur la feuille embaumée
Que peint un riche vermillon,
Comme une escarboucle animée,
Frémit le léger papillon.
De quel éclat brille son aile !
Le rubis enflammé s'y mêle
Au bleu transparent du saphir,
Et l'on croit voir, quand il voltige,
La fleur, abandonnant sa tige,
Flotter au souffle du zéphir !

Ainsi l'éternel architecte,
Qui des cieux créa le géant,
Daigne encore animer l'insecte
Sur les frontières du néant !

Atomes vivans et sensibles ,
Des milliers d'êtres invisibles
Sont répandus sous le gazon ,
Et le brin d'herbe qu'il habite
Est comme un monde sans limite
Pour l'éphémère puceron.

Ici , dans un tombeau de soie ,
Le ver se transforme en oiseau ;
Là , pour envelopper sa proie ,
L'araignée ourdit son réseau ;
Plus loin , la fourmi ménagère ,
Qu'une abondance passagère
N'aveugle point sur l'avenir ,
Avec ardeur emmagasine

L'épi que la bonté divine
Lui mit à part pour se nourrir.

Oui, depuis l'astre au front superbe,
Roi lumineux du firmament,
Jusqu'à l'insecte qui sous l'herbe
Trouve le gîte et l'aliment,
Tout révèle à l'être qui pense
Une suprême intelligence,
Un invisible bienfaiteur,
Dont les mains, ornant la nature,
Sur elle épanchent sans mesure
La poésie et le bonheur.

VII.

Les Oeuvres de l'homme.

VII.

LES ŒUVRES DE L'HOMME.

La terre est une lice où la race mortelle
Soutient contre les ans une lutte éternelle.

Des débris du combat que de lieux sont jonchés !
Je vois partout des murs que le temps a fauchés ,
Des palais chancelans , des restes d'édifices ,
Qui des coups de son bras portent les cicatrices.

Pergame et Babylone , empires populeux ,
Ne sont plus que des noms à moitié fabuleux ;
Leur enceinte est changée en vastes cimetières ,
Où dorment dans l'oubli des nations entières.
Il n'en reste plus rien : vainement le burin
Gravait le nom des rois sur le marbre et l'airain ;
Vainement le porphyre et les riches sculptures
De ces princes puissans ornaient les sépultures ;
Les siècles, acharnés sur leurs tombeaux brisés ,
Et semant dans les airs leurs corps pulvérisés,

N'ont pas même épargné les informes décombres
Qui désignaient les lieux où reposaient leurs ombres.

L'Egypte seule a su, presqu'au berceau des temps
Léguer à l'avenir des travaux éclatans.
Fleuve antique du Nil, tu vois sur tes rivages
D'immenses monumens braver l'assaut des âges'!
Ils triomphent du temps qui triomphe de tout ;
Leur masse impérissable est entière et debout.
Tombeaux des Pharaons, augustes pyramides ,
Les siècles ont passé comme des flots rapides ,
Sans vaincre votre orgueil, et sans vous ébranler:
Vous voyez à vos pieds les peuples s'écouler ;
Sur l'abîme des jours qu'avec terreur je sonde ,
Vous élevez un front contemporain du monde ,

Et semblez d'ici-bas vouloir prouver au ciel
Que l'homme a pu produire un ouvrage éternel !

Aux déserts de Memphis, partout, de grands vestiges
D'un art mystérieux attestent les prodiges.
Ces enfans d'Osiris, aînés du genre humain,
Feraient presque pâlir tout le faste romain !
Cadavres immortels, les livides momies,
Depuis des milliers d'ans sur leur couche endormies,
Semblent ne sommeiller que depuis un moment.
L'Européen regarde avec étonnement
L'obélisque couvert de mystiques symboles,
Les sphinx démesurés, les énormes idoles :
Il se trouble à l'aspect de ces blocs effrayans,
Et croit voir les travaux d'un peuple de géans !

Quelquefois à ses yeux surgit une colonne ;
Elle est seule debout , le désert l'environne ,
Et ce débris immense et noir de vétusté
Sur les lieux d'alentour plane avec majesté.

Contemplez ces remparts : c'est Thèbe Hécatompyle ;
Elle a perdu son peuple , et tout est immobile !
Squelette gigantesque , elle n'offre aux regards
Que des palais tombés et des marbres épars.
Des générations la mémoire abolie
Vous livre par degrés à la mélancolie :
Sur ces débris , témoins de tant de changemens ,
On repasse en esprit ces grands renversemens ,
Qui dans un vaste gouffre entraînent les royaumes ,
Et, des peuples éteints évoquant les fantômes ,

On déchiffre un feuillet du livre du passé ,
Par l'envieux oubli chaque jour effacé.

Moins pleines de grandeur, mais non moins éloquentes ,
Les ruines des Grecs , légères , élégantes,
Offrent ces beaux détails , ces contours gracieux ,
Combinés par le goût pour enchanter les yeux.
Des temples ombragés les riantes façades ,
Leurs frises, leurs frontons , leurs sveltes colonnades,
Tout nous révèle ici l'idéale beauté
Qu'exprima dans ses arts l'heureuse antiquité.
Mais d'un âge fameux ces restes magnifiques ,
Ces gymnases, ces forts, ces tombes , ces portiques,
Modèles enchanteurs de la perfection ,
Sourdement consumés et couverts de gazon ,

Doivent céder au temps , dont la main les mutile :
Leur beauté contre lui n'est qu'un charme inutile !
Heureux encor du moins , ces monumens sacrés ,
Par d'indignes vainqueurs long-temps déshonorés ,
De voir se rallumer sur leurs bords solitaires
De l'antique vertu les feux héréditaires !
L'étranger désormais viendra plus volontiers
Visiter leurs débris, parcourir leurs sentiers ,
Et dans ces champs déserts , voilés de térébinthes,
Chercher des vieux héros les poussières éteintes.

Devant nos yeux pensifs à ton tour montre-toi ,
Gigantesque cité , veuve du peuple-roi !
Laisse nous contempler tes marbres séculaires ,
Tes champs semés au loin de pierres tumulaires ,

Tes panthéons noircis et tes arcs triomphaux,
Où Saturne a gravé les traces de sa faux !
Des fiers patriciens les urnes sont brisées ;
Ce chaos de cercueils, ces gloires effacées,
Ces débris entassés par les ans destructeurs,
Proclament le néant des humaines grandeurs.
Dans la terre à demi la colonne s'enfonce,
Les faîtes des palais se cachent sous la ronce,
La mousse s'épaissit dans les thermes comblés ,
Et l'herbe a recouvert les forum dépeuplés.

De tous les lieux ainsi l'aspect se renouvelle :
Nous bâtissons des murs et le temps les nivelle !
Les conquérans du monde eux-mêmes sont vaincus ;
Leur empire est passé, leur Jupiter n'est plus.

Mais que l'ombre de Rome est encore imposante !

Quel sublime tableau son sépulcre présente !

Le voilà devant vous ce Capitole altier

Qui domina long-temps sur l'univers entier ,

Fantôme d'un empire , auguste simulacre ,

Qui n'a plus ses honneurs, mais que le temps consacre.

Voilà le Colysée, où les gladiateurs

Amusaient par leur mort de cruels spectateurs ,

Où les martyrs , livrés à la fureur des bêtes ,

Du sanglant paganisme embellissaient les fêtes.

Sur ces gradins déserts s'asseyait le Romain,

Qui ne demandait plus que des jeux et du pain ,

Et qui rivalisait , par sa rage inhumaine ,

Avec les léopards déchaînés dans l'arène !

La gloire du grand peuple est semée en cent lieux :
Aux climats que le jour peint de ses premiers feux,
La ville du soleil et la noble Palmyre
Frappent le voyageur qui s'arrête et soupire.
Il contemple long-temps ces vastes piédestaux,
Ces péristyles nus, ces brillans chapiteaux.
Tout se tait cependant, et de l'enceinte immense
Le seul cri du chacal interrompt le silence ;
Le palmier vigoureux, le nopal isolé,
Fendent quelque fronton richement ciselé,
Et le désert muet de ses sables stériles
Recouvre par degrés ces carcasses de villes !

Notre Occident aussi conserve sur ses bords
Quelques membres épars de cet immense corps ,

Des enfans de Bellone autrefois le domaine :
Admirez ces débris de la grandeur romaine,
Ces acqueducs voûtés, dont le front colossal
Des monts les plus hardis semble encòr le rival,
Ces blocs si bien liés par des ciments rougeâtres,
Ces bains des empereurs, ces vieux amphithéâtres.

Mais que vois-je? au sommet d'un agreste coteau
Se dessinent les tours d'un gothique château.
De nouveaux souvenirs quel essaim m'environne ?
Salut! remparts moussus que le lierre couronne,
Bastions chancelans, tortueux escalier,
Au pauvre pélerin jadis hospitalier !
Le manoir féodal, monument des vieux âges,
De la décrépitude étalant les outrages,

Rappelle à mon esprit la France d'autrefois,

Nos preux, nos enchanteurs, nos romans, nos tournois!

Qu'êtes-vous devenus, faits d'armes des croisades,

Virelais, gais refrains et naïves ballades,

Fêtes de la valeur où présidait l'amour,

Lance du paladin, harpe du troubadour,

Siècles tout merveilleux de la chevalerie,

Pleins de fidélité, de gloire et de féerie ?

Ce castel ruineux, aujourd'hui sans vassaux,

Et dont la main du temps a bruni les arceaux,

Fut peut-être témoin de grandes aventures ;

Dans les salons, couverts de mobiles tentures,

On entendait peut-être, à l'heure de minuit,

Des lutins vagabonds le formidable bruit.

Maintenant tout est calme, et la ronce rampante
Sur les donjons croulans tranquillement serpente ;
Les créneaux mutilés de mousse sont couverts ;
Dans les degrés rompus, dans les murs entr'ouverts,
La plante saxatile enfonce ses racines ;
Les liserons grimpans, les rouges capucines,
Festonnent ces débris, et de leurs longs réseaux
Embrassent la tourelle où nichent les oiseaux.

Que j'aime à contempler ces hautes citadelles
Qui servent maintenant d'asile aux hirondelles,
Ces fossés décorés de bouquets de glaïeuls,
Où loin des feux du jour les hiboux vivent seuls,
Ces remparts féodaux, ces longues meurtrières,
Où l'herbe a remplacé les enseignes guerrières !

Apparais-nous aussi , palais oriental ,
Qui lèves fièrement ton front monumental ,
Fastueux Alhambra, dont les voûtes moresques
Étalent en tout sens leurs franges pittoresques !
On dirait qu'une fée est venue en ces lieux
Suspendre tes plafonds pour étonner les yeux :
Dans ces légers remparts tout semble fantastique ;
Les marbres , découpés par un ciseau magique ,
En festons délicats courent se diviser ,
Comme un frêle ornement qu'un souffle va briser !
Dans ces vastes salons pleins de magnificence ,
Les princes sarrasins , au temps de leur puissance,
Foulant nonchalamment des tapis somptueux ,
Respiraient jour et nuit un air voluptueux.

Sur ces bassins de marbre alors des eaux limpides
Dessinaient des berceaux, des guirlandes liquides,
Et, brillant aux regards comme un voile argenté,
Embellissaient encor ce séjour enchanté!
Il a pourtant fallu quitter tant de délices ;
L'Arabe est vagabond , et ses beaux édifices
Sur le sol étranger sont restés après lui,
Comme un dernier reflet d'un astre évanoui.

Ainsi tout nous apprend combien l'homme est fragile ;
Un empire ici bas n'est qu'un géant d'argile ;
Les œuvres de nos mains, même en nous survivant,
Autant que notre orgueil prouvent notre néant ;
Des terrestres grandeurs le temps ailé se joue ,
Et Dieu lui-même a dit que ce globe de boue,

Que des peuples sans nombre ont foulé tour à tour,
Est comme un pavillon déployé pour un jour !

VIII.

A Marie.

VIII.

A MARIE.

De quels attributs magnifiques
Te dota la céleste cour !
O reine des vierges pudiques,

Les seuls droits que tu revendiques
Sont la bienfaisance et l'amour !

Au sein de la béatitude,
Priant pour nous, pauvres pécheurs,
Tu fais, par ton humble attitude,
Que, malgré notre ingratitude,
Le ciel suspend ses coups vengeurs.

Par toi des mères en souffrance
Le mal est souvent adouci.
L'obscure et craintive indigence
S'adresse à toi de préférence,
Car tu fus humble et pauvre aussi !

Au milieu des ignominies
Tu vis mourir ton fils divin ;
Tu vis ses douleurs infinies,
Ses innombrables agonies,
Sanglant rachat du genre humain !

Le souvenir de ta détresse
Te fait compatir à nos maux :
Quel est l'autel où l'on se presse,
Le refuge de la faiblesse ?
C'est la madone des hameaux.

Ton aile tutélaire effleure

Le front du juste à son déclin ;
Tu bénis la veuve qui pleure ,
Et ton regard veille à toute heure
Sur le berceau de l'orphelin.

Les doux rayons de ta couronne
Luisent dans l'ombre aux prisonniers ;
Et, quand la mort les environne,
C'est toi qu'invoquent pour patronne
Les aventureux nautoniers.

Lorsque leur fragile navire
Est près de sombrer dans les mers ,
Tu parais, et l'orage expire ;

Et par ton céleste sourire
Tu viens rasséréner les airs !

C'est toi qui protégeas la Grèce
Contre des tyrans exécrés ;
Ses braves t'imploraient sans cesse
Quand ils couraient, pleins de tristesse .
Venger leurs enfans massacrés.

Par le pouvoir de tes prières ,
Que de fois, descendus des cieux .
Contre des bandes meurtrières
Les chérubins auxiliaires
Sont venus combattre avec eux !

Quand la gloire se manifeste
A la jeune fille martyr ,
C'est toi qui sur son front modeste
Déposes la palme céleste
Que nul hiver ne peut flétrir !

De Dieu le soleil est l'emblème ,
Astre imposant et radieux ,
Dont le superbe diadème
Révèle la splendeur suprême
A l'œil ébloui de ses feux !

Mais toi , la lune est ton symbole ,

La lune aux paisibles lueurs,
Dont la virginale auréole
Au malheureux qu'elle console
Semble un confident de ses pleurs !

Comme elle, douce messagère,
Tu viens, dans l'ombre de la nuit,
Briller, fidèle et solitaire,
Près du chevet où la misère
Appelle un repos qui la fuit !

Quand la coupe amère est tarie,
Quand vient le jour sans lendemain,
Tu descends vers nous, ô Marie,

Et de l'éternelle patrie
Ton doigt nous montre le chemin !

Ton front angélique est le siège
De la bonté, de la candeur ;
Le chaste pinceau du Corrège
Nous a montré ton sein de neige
Allaitant l'enfant rédempteur.

A ton Dieu tu donnas naissance
Sans perdre ta virginité ;
Touchant effet de sa puissance !
La terre en toi voit l'innocence
Unie à la maternité.

Ah ! ce cœur si pur et si tendre
Vaincra le céleste courroux ;
Et Dieu le fit lui-même entendre
En choisissant pour nous défendre
Ce que le monde a de plus doux.

IX.

Les Astres.

IX.

LES ASTRES.

La fille du chaos a déplié ses voiles :
Au faîte obscur du firmament
Elle vient d'attacher et son disque d'argent
Et ses vacillantes étoiles.

Les mers, qui sous mes pieds étendent leur miroir,

Des nocturnes rayons sont mollement blanchies,

Et des astres errans les lueurs réfléchies

Peignent d'un doux éclat leur gouffre immense et noir !

Tout repose et se tait, tandis qu'au bord des ondes,

La méditation tient mes yeux arrêtés

Sur ces feux, dans l'éther confusément jetés

     Comme une poussière de mondes !

Spectacle ravissant de la création,

Oh ! que durant les nuits tes aspects sont sublimes !

Le regard effrayé se perd dans des abîmes ;

    Qui pourrait, sans émotion ,

    Contempler cet espace immense,

Ces bataillons lointains de globes lumineux ,

Et l'hymen solennel de l'ombre et du silence ,
Et du dôme étoilé l'azur religieux ?

Ainsi qu'un vaste dais, couvert de broderies,
  L'Olympe charme nos regards :
  Mais ces mobiles pierreries,
Qui, sur un fond obscur, brillent de toutes parts ,
Ces points d'or et de feu , ces diamans épars,
  Ce sont des masses effrayantes
Qui, dans les champs du ciel comme d'énormes chars,
 Sur leur axe enflammé roulent étincelantes !

A ces corps monstrueux qui peuplent l'univers,
Le Très-Haut a marqué leur route et leur domaine;

Lorsque le temps naquit, il vit au sein des airs
Commencer de leur cours l'imposant phénomène.
    Mus sans effort et sans fracas ,
Ils vont où les conduit une main souveraine ;
Et volent au travers de la céleste plaine ,
    Qu'ils semblent franchir d'un seul pas !

    Toi , dont l'ame étroite et grossière
N'a jamais médité ces sublimes objets,
Lève , lève une fois ta débile paupière
Vers ces splendeurs du ciel qui ravissent la terre ,
    Et que pourtant tu méconnais!
Envisage le temps, l'espace, la matière;
Regarde autour de toi ces foyers de lumière ,
D'un monarque invisible éclairant le palais !

Goûte une volupté non encor ressentie ;
Que ton ame des cieux mesure la hauteur ,
    Et , de surprise anéantie ,
    Adore en tremblant leur auteur !
Vois ces orbes de feux , fanaux de l'empirée ,
Dont l'éclat par les ans ne peut être terni ,
Et d'un œil éperdu suis leur marche assurée
    Dans les déserts de l'infini !
Frissonne en calculant leurs poids et leurs orbites :
    De leurs fidèles satellites
Des milliers de soleils s'avancent escortés ,
Et roulent toùs ensemble , à jamais emportés
    Dans des espaces sans limites !

Celui qui leur donna l'éternel mouvement ,

Et dont le doigt sait les conduire,

Voulut que l'homme les vît luire,

Et sur le pôle en feu planer pompeusement.

Pareils à des vaisseaux rapides,

Ils naviguent dans un ciel pur,

Et de cet océan d'azur

Fendent sans bruit les flots limpides !

O nature ! ô du ciel auguste profondeur !

O champs de l'infini ! dôme éclatant du monde !

Abîme illimité qu'avec frayeur je sonde !

Incompréhensible grandeur !

Que devient devant vous l'humaine destinée ?

Que deviennent nos maux, nos luttes, notre orgueil ?

Des fragiles mortels la race infortunée,

A la guerre, aux douleurs, au tombeau condamnée,

    Vit dans l'amertume et le deuil;

Les grandes nations , les vieilles dynasties ,

Succombent tour à tour sous l'attaque du sort ,

    Et disparaissent englouties

    Dans les ténèbres de la mort.

Mais ces renversemens, ces malheurs, ces souffrances ,

Ne troubleront jamais l'impassible univers :

Il triomphe , il survit ; tous ces astres divers ,

    Décrivant leurs courbes immenses ,

Roulent paisiblement sur le gouffre des airs ;

Et ce globe lui-même, où germe notre race ,

Laisse sans s'émouvoir les insectes humains ,

De glaives meurtriers armant leurs faibles mains ,

    S'entr'égorger à sa surface.

Cependant , je ne sais , malgré le vague effroi

    Que cette immensité m'inspire ,

    Un noble instinct semble me dire ,

Que du haut de son trône un Dieu veille sur moi.

Seul , j'admire le monde et les sphères flottantes ;

    Seul , intelligent spectateur

    De ces merveilles éclatantes ,

    Je leur assigne un créateur.

J'embrasse d'un regard votre circonférence ,

Cieux , qui de l'Éternel enfermez les secrets ;

    Je lis le nom de Providence

Écrit sur votre front qui ne pâlit jamais !

Qu'ils sont vifs, qu'ils sont purs, ces flambeaux du grand temple,

Qui couvrent le zénith, l'aurore et l'occident !

    Et qu'avec transport je contemple

Ce cintre magnifique et d'étoiles ardent !

Durant la paix des nuits, de la terre élancée,

    Comme un captif qui rompt ses fers,

Sur des ailes de feu, la rapide pensée

    S'élève au roi de l'univers;

Elle atteint dans son vol les mondes invisibles,

Se perd dans l'infini, son domaine futur,

Et monte, en s'échappant de son cachot obscur,

    Vers ces hauteurs inacessibles

Qu'elle doit habiter après ce globe impur !

Astre aux regards brûlans, comète échevelée,

Que ne puis-je avec toi franchir les vastes cieux,

Et doubler sur ton char la borne reculée

Où se termine enfin ton cours audacieux !

Que ne puis-je aborder les troupes fugitives

De tous ces astres voyageurs,

Qui, n'ayant pas d'heures oisives,

Comme d'intrépides nageurs,

Glissent sur une mer et sans fond et sans rives !

Mais déjà l'horizon commence à s'éclaircir ;

L'aube mêle à la nuit sa douteuse lumière ;

Son voile transparent flotte dans l'atmosphère ;

Je vois les astres s'obscurcir :

Ils semblent disparaître au sein profond du vide,

Et, suspendant des nuits le spectacle éternel,
Le matin vient cacher les étoiles du ciel
    Dans les plis de sa robe humide.

X.

Le Bonheur de l'obscurité.

X.

LE BONHEUR DE L'OBSCURITÉ.

Faux éclat des grandeurs pour lequel on soupire,
Opulentes cités, ambitieux palais,
Princes, et toi, Fortune, au perfide sourire,
J'ai trouvé loin de vous l'innocence et la paix.

Exilé de la cour, oublié de l'envie,
Dans le sein du silence et de l'oisiveté,
Sans désirs, sans douleurs, je vais couler ma vie,
Et mon plus cher trésor sera ma pauvreté.

Lieux qui m'avez vu naître, aimable solitude,
Au moment du retour que vos charmes sont doux !
Je pourrai donc enfin, libre d'inquiétude,
Goûter des plaisirs purs et simples comme vous.

Je reconnais les champs, le clocher, la colline,
Tous les premiers objets qui frappèrent mes yeux,

Et le chêne isolé dont la tête s'incline
Sur le modeste toit qu'habitaient mes aïeux.

Séjour du vrai bonheur, retraites pacifiques,
Accueillez aujourd'hui le nouveau villageois :
C'en est fait, je renonce aux lambris magnifiques
Pour le gazon des prés et l'ombrage des bois.

Qu'on vante les héros dont le fatal courage
S'ouvre un chemin sanglant vers l'immortalité ;
Refrains des vendangeurs, travaux du labourage,
Combien je vous préfère à leur célébrité !

Le vain bruit de la gloire et le faste des villes
N'ont pas encor troublé le calme de ces lieux ;
Les jours y sont sereins, les cœurs y sont tranquilles;
En fuyant les pervers, j'ai trouvé les heureux.

Toi pour qui je respire, ô maîtresse adorée,
Le bocage t'appelle et s'embellit pour toi ;
Viens partager mes biens, ma chaumière ignorée ;
Viens vivre loin d'un monde où l'amour est sans foi.

Souvent, parmi les fleurs des riantes prairies,
Nous irons contempler le déclin d'un beau jour;
Souvent, le cœur bercé de douces rêveries,
Nous irons parcourir les forêts d'alentour.

Ces berceaux odorans, ces dômes de feuillage,
Ennemis du soleil et versant la fraîcheur,
Les timides désirs que leur ombre encourage,
Tout ici nous promet un facile bonheur.

Nous pourrons savourer l'aspect de la nature,
Dans les bras l'un de l'autre et d'amour consumés;
Ces lieux nous prêteront leurs rideaux de verdure,
Et leurs siéges de mousse, et leurs lits parfumés.

Promenant leur cristal en gracieux méandres,
Les limpides ruisseaux couleront près de nous ;

Je chanterai pour toi : mes vers seront plus tendres,
Dictés par tes regards, écrits sur tes genoux !

Hélas ! bientôt peut-être, abrégeant ma carrière,
L'inexorable mort viendra nous séparer ;
Les pavots du cercueil couvriront ma paupière ;
Je sentirai ma vie et ma flamme expirer.

A cette heure suprême, ô ma chère Zélie !
Tu seras près de moi pour calmer mes douleurs ;
Je presserai ta main de ma main affaiblie,
Et mon dernier regard verra couler tes pleurs.

Mes vœux seront remplis, si ton cœur me regrette,
Si celle que les dieux firent pour tout charmer
Vient rêver quelquefois sur la cendre muette
D'un mortel inconnu qui vécut pour aimer !

XI.

1812.

XI.

1812.

Voyez-vous approcher ces guerriers innombrables?
Leurs armes font jaillir mille éclairs formidables;

Le ciel s'émeut au bruit des coursiers et des chars;
Comme un fleuve d'airain, ces bandes intrépides
          Roulent à flots rapides
Vers les confins du globe et l'empire des czars.

C'en est fait : nos soldats ont franchi l'intervalle.
Des géans ennemis la querelle fatale
Va se vider bientôt par le sang et la mort,
Et, du trône des cieux, jamais la Providence
          Dans sa vaste balance
De deux plus grands rivaux n'eut à peser le sort!

Français, vous attendez un avenir prospère;
Du vainqueur d'Austerlitz vous suivez la bannière;

Et toujours la fortune a servi sa grandeur;
L'ascendant de son nom et de sa destinée
     Dans votre ame entraînée
Fait couler par torrens l'espérance et l'ardeur!

Malheureux, arrêtez! craignez votre ruine!
Dans ces funestes champs l'hiver et la famine
Attendent l'ennemi qui vient les envahir;
Le Ciel même, s'armant de sinistres présages,
     Par la voix des orages,
Déclare que le sort s'apprête à vous trahir!

Contemplez ce sol nu, ces bois tristes et mornes,
Ces marais engourdis et ces déserts sans bornes,

10

Muets comme la mort qui doit vous moissonner :
Elle attire vos pas dans ce climat perfide ;
      Son fantôme livide
Comme un vautour affreux va sur vous s'acharner !

Inutiles regrets ! le torrent les entraîne,
Et la Fatalité, par sa loi souveraine,
Pousse dans le péril leurs courages séduits ;
La mort va recevoir cette grande hécatombe,
      Et le Nord est la tombe
Où dormiront dans peu les bataillons détruits !

Nos malheureux guerriers, que le besoin accable,
Se traînant lentement dans des plaines de sable,

Promènent autour d'eux des regards inquiets,
Et le doux souvenir de leur belle patrie
   Pour leur ame flétrie
Redouble encor l'horreur des nuits et des forêts.

Ainsi tant de héros épuisent leur constance
A braver la fatigue, à lutter en silence
Contre des maux obscurs et d'indignes revers ;
Le Scythe, leur livrant un facile passage,
   N'oppose à leur courage
Qu'une fuite effrayante et d'immenses déserts !

Hélas ! derrière nous, tout parle de nos pertes ;
De morts et de mourans les routes sont couvertes ;

Le sombre désespoir sur les fronts est empreint;
L'infortuné soldat, que dompte la souffrance,
     Périt loin de la France,
Et tourne encor vers elle un regard qui s'éteint.

Mais quel fracas subit fait retentir la terre?
Le tambour, le clairon, le bronze de la guerre,
Troublent au loin les airs de leurs bruits confondus;
Mille volcans d'airain semblent vomir des laves;
     On combat, et nos braves
Obtiennent ces périls si long-temps attendus.

De la destruction quelle effroyable image!
Je vois partout le feu, la fureur, le carnage;

J'entends le sifflement des boulets meurtriers ;
Et, roulant à grand bruit sur le champ de bataille,
    Des torrens de mitraille
Dispersent le trépas dans les rangs des guerriers !

Les pesans escadrons chargent l'infanterie ;
On attaque, on repousse avec même furie ;
Le sang trempe la terre, et coule à gros bouillons ;
Parcourant en tous sens cette plaine effroyable,
    La mort infatigable
Comme des épis mûrs fauche les bataillons !

Les cadavres noircis se pressent, s'amoncellent ;
Dans un brouillard obscur les sabres étincellent ;

Tout s'élance au danger, soldats et généraux :
En voyant tant d'exploits, la fortune balance ;
    Elle plane en silence
Sur l'arène terrible où luttent les héros.

Enfin des deux partis cesse l'incertitude :
La victoire, cédant à sa longue habitude,
Vient encor se fixer au milieu des Français.
Vaincu, mais non détruit, l'ennemi se retire ;
    Sa fuite nous attire :
Moscou sera le prix de ce dernier succès.

Déjà l'on aperçoit cette cité magique,
Ses dômes rayonnans, sa forteresse antique,

Ses somptueux palais, poursuivis si long-temps ;
On se hâte, on atteint la ville impériale :
     Découverte fatale !
Ses murs silencieux sont vides d'habitans.

Toutefois, parcourant le Kremlin solitaire,
Et laissant pénétrer sa joie involontaire,
Le fier Napoléon a paru s'applaudir :
Mortel ambitieux, contemple ta conquête ;
     Un orage s'apprête,
Qui jusque dans tes bras viendra l'anéantir !

La nuit a sur le ciel tiré ses rideaux sombres ;
Tout repose... Soudain, perçant le sein des ombres,

Une triste lueur rougit le firmament ;
Les ouragans du nord battent la ville sainte ;
          Bientôt dans son enceinte
Éclate avec fureur un vaste embrasement.

Dans les airs échauffés la flamme tourbillonne ;
Elle brille, elle monte en ardente colonne,
Et d'un reflet sanglant teint la voûte des cieux ;
Portant de tous côtés sa colère agrandie,
          L'effroyable incendie
Engloutit les palais sous des vagues de feux.

L'élément destructeur se roule, se déploie ;
Il s'irrite, il rugit, il dévore sa proie,

Comme un tigre en fureur, comme un monstre affamé ;
Sur les champs d'alentour pleut la cendre brûlante ;
    Cette ville opulente
N'offre plus aux regards qu'un sépulcre enflammé!

Quel but de tant d'efforts! quel fruit de tant de peines!
Il faut abandonner ces ruines soudaines ;
Napoléon frémit, blessé dans son orgueil ;
Le favori du sort voit pâlir son étoile ;
    L'avenir se dévoile :
Cette haute fortune a trouvé son écueil !

Qui pourrait sans frémir peindre la grande armée
Par la faim, par le froid, lentement consumée,

Mourante, et perdant tout, excepté sa valeur ?
Qui n'honorerait pas de pleurs patriotiques
   Ces ames héroïques
Qui poussèrent si loin la gloire et le malheur ?

Je vois l'horrible hiver envahir la nature :
L'aquilon déchaîné, poussant un long murmure,
Parcourt avec la mort un désert sans abris ;
Et la neige homicide enveloppe la terre,
   Comme un drap funéraire,
Qui de nos légions doit couvrir les débris !

Des blessés, des mourans, les pleurs sont inutiles ;
Leur sang tiédi s'arrête, et leurs langues débiles

Ne peuvent que former quelques douloureux sons :
Ils succombent bientôt, et leurs compagnons d'armes,
  Sans leur donner de larmes,
Les laissent expirer sur un lit de glaçons !

Gigantesques enfans de ces plages polaires,
Et portant jusqu'au ciel leurs têtes séculaires,
De ténébreux sapins augmentent ce grand deuil :
La nuit, on croirait voir des spectres immobiles,
  Qui, dans ces champs stériles,
Des conquérans du monde entourent le cercueil.

Regardez ces guerriers contre qui tout conspire,
Ces yeux où l'espérance a cessé de reluire,

Ces armes échappant à leurs bras engourdis :
Écoutez, sur le fleuve, au milieu des ténèbres,
　　　Les hurlemens funèbres
De tant d'infortunés dans son onde engloutis !

Affreux enchaînement de besoins, de tortures !
Pêle-mêle entassés dans de frêles masures,
Ou sans nulle défense exposés aux frimas,
Le chef et le soldat expirent sur la terre ;
　　　Chaque feu militaire
Est entouré de corps roidis par le trépas !

Que reste-t-il, hélas ! de ces vieilles phalanges
Dont les exploits naguère épuisaient nos louanges ?

Quelques hommes mourans, décharnés, demi-nus :
L'Europe, à cet aspect, se rassure et se lève
  Pour confier au glaive
De longs ressentimens à regret contenus.

C'est ainsi que tombait le géant de l'histoire.
Il est mort dans les fers, victime expiatoire ;
Car il voulait tout vaincre, et le sort s'est lassé :
Mais, comme un grand débris après un grand naufrage,
  Sa mémoire surnage
Sur le gouffre du temps et la nuit du passé !

XII.

La Journée du poète à la campagne.

XII.

LA JOURNÉE DU POÈTE A LA CAMPAGNE.

L'astre de Vénus luit encore
Sur l'horizon moins ténébreux,
Et, dans l'éther qui se colore,
Les douces blancheurs de l'aurore

11

Font par degrés pâlir ses feux.

Ainsi qu'une lampe expirante,

On voit vaciller son éclat;

Il brille, il palpite, il combat,

Puis cède à l'aube transparente.

Le jour allumant son flambeau

Chasse l'obscurité profonde,

Et fait tomber le grand rideau

Que la nuit tendait sur le monde.

Le ciel semble un vaste océan

Roulant, sur tout notre hémisphère,

Des flots de pourpre et de safran,

Riche ornement de la carrière

Où l'astre roi de la lumière

Doit bientôt prendre son élan.

Ses rayons rougissent la nue

Qui , par ses contours floconneux ,
Attire doucement la vue
Comme une laine répandue
Sur la voûte immense des cieux.

Montons au haut de la colline
Pour contempler ce globe ardent,
Qui va surgir à l'orient ,
Et qui déjà nous illumine.
Il peint les airs , et son éclat ,
Voilé d'une légère gaze,
Fait au loin briller la topaze ,
Et l'améthyste et le grenat ,
Autour du pôle qui s'embrase.
Enfin , sur l'horizon en feu ,

Le grand astre apparaît lui-même,

Tel qu'un monarque, ou tel qu'un Dieu,

Ceint d'un opulent diadème.

Devant son magnifique essor,

On voit les vapeurs fugitives

Se replier en fleuves d'or

Sur les lointaines perspectives.

Les arbres, de perles couverts,

En longs rideaux, en môlles franges,

Agitent leurs feuillages verts,

Où les bouvreuils et les mésanges

Célèbrent en chœur les louanges

Du Dieu qui créa l'univers.

Les diamans de la rosée

Tremblent sur le gazon nouveau,

Et couvrent d'un brillant réseau

La terre humide et reposée.

Soufflez, frais zéphirs du matin !

Que votre haleine est douce et pure !

Que ce réveil de la nature

Rend le cœur paisible et serein !

Qu'ici mon ame est peu jalouse

Des faux trésors que l'on poursuit !

Que j'aime à voir cette pelouse

Fraîche des larmes de la nuit !

Que j'aime à voir ce vert bocage

Peuplé d'hôtes harmonieux,

Et tout ce riant paysage

Dont l'aspect, calme, gracieux,

D'un monde plus pur et moins vieux

Semble me présenter l'image !

Déjà dans l'ombre du vallon
J'entends le joyeux chant du pâtre.
Des monts qui ceignent l'horizon
Le vaste et sinueux cordon
Se perd dans un lointain bleuâtre.
Ainsi qu'un bandeau de satin,
La neige couronne leurs cimes ;
Sur les parois de leurs abîmes
Croissent le mélèse et le pin.
Bravant les ans et les tonnerres,
Tous ces colosses centenaires,
Par les frimas environnés,
De leurs flottantes chevelures

Ornent les vastes dentelures

Des rochers demi-ruinés.

On croirait voir des édifices,

De lierre et de ronces couverts,

Des murs et des donjons déserts

Pendant au bord des précipices.

Comme ils sont beaux, comme ils sont fiers,

Ces pics avoisinant les astres,

Qui se dessinent dans les airs,

Et semblent être les pilastres

Du grand temple de l'univers !

Des flancs d'une roche anguleuse

Sort la cascade nébuleuse

Dont les flots, prompts comme l'éclair,

Forment une mobile zône

Qui se déroule au pied du trône

Où siége l'éternel hiver.

Sous la lumière étincelante

On voit resplendir le glacier,

Comme un gigantesque guerrier

Couvert d'une armure éclatante,

Et ses majestueux sommets,

Que voile une vapeur suave,

Se mirent dans l'étang qui lave

Leurs pieds entourés de forêts.

Une brise délicieuse

Balance le flot scintillant,

Et son aile capricieuse

Roule une lame gracieuse

Qui vient mourir, en ondulant,

Sur la grève silencieuse.

Des étés modérant l'ardeur,

Le sycomore et le platane,
Au bord de cette eau diaphane,
Couvrent d'un dôme protecteur
L'obscure et modeste cabane
Du bûcheron ou du pasteur.
Partout les roses imbibées
Des pleurs limpides du matin,
Relevant leurs tiges courbées,
Montrent les trésors de leur sein.
Un encens magique s'exhale
De ces calices entr'ouverts,
Et leur haleine végétale,
Parfum des champs et des déserts,
Embaume l'espace des airs,
Et le mystérieux dédale,
Où la fauvette matinale

De sa voix fraîche et musicale
Fait retentir les doux concerts !

Cependant le soleil avance
Vers le milieu de l'arc immense
Que son char décrit sans repos ;
La chaleur croît, et le silence
Succède aux hymnes des oiseaux.
Je n'entends plus leur doux ramage ;
Tous les orchestres sont muets :
C'est l'instant d'aller sous l'ombrage
Chercher la fraîcheur et la paix,
Dans ces lieux amis du mystère,
Où les branchages plus épais,
En s'unissant, forment un dais

Impénétrable à la lumière.

La vigne autour de ces ormeaux

Comme un long serpent s'entortille ;

Je vois, à travers la charmille,

Le lis nouvellement éclos,

Et l'anémone et la jonquille

Lever leur corolle qui brille

Près du vert tremblant des berceaux.

La rose étale sa parure

Parmi les pavots empourprés ;

Dans ces parterres diaprés

Coulent des sources d'une eau pure ,

Qui , murmurant au sein des prés ,

En éternisent la verdure.

Dans ses capricieux détours
Suivons cette nappe argentine
Dont le troène et l'aubépine
Ornent et protégent le cours.
Là, sur la rive qui se penche
Un lit de mousse et de pervenche,
Par la nature préparé,
M'invite à m'asseoir près de l'onde,
Qui, dans sa course vagabonde,
Au sein des champs qu'elle féconde
Promène un cristal azuré.
J'entends chaque flot qui gazouille
En fuyant avec la dépouille
Des saules voûtés sur les eaux,
Et dont les mobiles rameaux
Dans le frais courant qui les mouille

Trempent leurs cheveux inégaux.

Plus loin s'ouvre un bassin champêtre

Où, portant leur flot toujours clair,

Les ruisseaux viennent disparaître

Comme des fleuves dans la mer.

Dans ce délicieux asile,

Et sur ce lac pur et tranquille,

On voit les cygnes gracieux

Fendre le miroir immobile

Qui réfléchit l'azur des cieux.

Ces blancs oiseaux voguent par couples

Au sein de l'humide élément,

En balançant élégamment

Leurs cols éblouissans et souples.

Tantôt ils cinglent loin du bord,

Ainsi qu'une flottille errante,

Et rament sans qu'aucun effort
Émeuve l'onde sommeillante ;
Tantôt ils glissent lentement
Au pied des saules du rivage,
Dont la couleur et le feuillage
Offrent un contraste riant
Avec l'argent de leur plumage.

Mais, pendant que mon œil charmé
Erre sur ces aimables scènes ,
Au milieu des célestes plaines
Quel soudain voile s'est formé ?
Dans leurs flancs couvant les orages,
De longs bataillons de nuages
Avec eux amènent la nuit,

Et, dans l'atmosphère brûlante,
Des vents l'haleine turbulente
Ne fait plus entendre aucun bruit.
Le chevreuil, la biche légère,
Craignant l'ouragan destructeur,
Du bois traversent la clairière,
Et de leur asile ordinaire
Cherchent le toit préservateur;
Le prévoyant agriculteur,
Pour s'abriter dans sa chaumière,
Suspend un moment son labeur ;
Tout fuit, et la nature entière
Attend les salves du tonnerre
Dans le silence et la terreur !

Gagnons aussi quelque retraite :
Je sais une grotte secrète,
Au sommet du prochain coteau,
Lieu vraiment fait pour un poète
Jaloux d'admirer le tableau
Des cieux troublés par la tempête.

Me voici couché mollement
Sur la mousse épaisse et fleurie,
Dans ce tranquille isolement
Où s'entretient la rêverie.
Une source au flot argentin,
Filtrant à travers les rocailles,
Va, dans des forêts de broussailles,
Égarer son cours incertain ;

De stalactites hérissée,
Et de vieux lierres tapissée,
La grotte qui me sert d'abri
Rappelle ces antres magiques
Qui des oréades antiques
Étaient l'asile favori.

Mais déjà la forêt frissonne
Sous un orageux tourbillon ;
J'entends murmurer l'aquilon,
Et dans son lit qui l'emprisonne
Le torrent bondissant résonne
Sous les ombrages du vallon.
Dieu ! quels spectacles magnifiques !
Coup sur coup les cieux sont ouverts,

12

Et, croisant leurs chutes obliques,

En rubans de feux électriques

On voit serpenter les éclairs !

Avec fracas entrechoquées,

Ces noires lignes de nuées

Fondent sur les champs submergés ;

La foudre imposante qui gronde,

Par ses bruits sourds et prolongés,

Semble rouler de monde en monde ;

Puis, par degrés, sa voix faiblit ;

Les cieux déposent leur colère ;

Un jour plus brillant nous éclaire,

Et la nature s'embellit

De sa sérénité première !

Dans cet instant l'œil enchanté

Lui découvre encor plus de charmes,

Et croit voir la jeune beauté
Qui, palpitant de volupté,
Mêle le sourire et les larmes.
Au sein des airs illuminés
Le soleil de nouveau rayonne,
Et des splendeurs de sa couronne
Remplit les cieux rassérénés.
J'entends l'herbe qui se redresse ;
Le pinson chante d'allégresse ;
Tout reprend la vie et l'espoir ;
Sur les bois le zéphir se joue,
Et de leurs rameaux qu'il secoue
Des diamans semblent pleuvoir.
Dans ces agrestes paysages
L'ombre lutte avec la clarté ;
Une muette obscurité

Règne encore au fond des bocages,
Tandis que l'œil brillant du jour
Jette des teintes prismatiques
Sur les tapis aromatiques
Qui couvrent les champs d'alentour.
L'iris, dont la douce peinture
Fut faite pour charmer nos yeux,
Embrasse la moitié des cieux
De son immobile ceinture;
Comme un portique aérien
Dont l'horizon est le soutien,
Elle arrondit sa voûte immense,
Et vient dissiper le chaos,
Comme toujours après les maux

On voit renaître l'espérance !

Que le temps fuit rapidement !

Qu'un jour est de courte durée !

Celui-ci me fut un moment ;

Du moins de sa belle soirée

Savourons bien l'enchantement.

L'astre géant se précipite

Vers l'occidentale limite

Où se termine son essor ;

Un nuage cache sa fuite

Sous un rideau de pourpre et d'or ;

Mais sa clarté, qui luit encor,

Rend l'obscurité moins subite.

Libre de pensers importuns,

Je parcours, plongé dans l'extase,
Le vallon qui semble un grand vase
Rempli de fleurs et de parfums!
La moite haleine de la brise
M'apporte l'odeur du cytise
En poussant un léger soupir,
Et les pipeaux mélancoliques
Frappent de leurs sons bucoliques
Les échos prêts à s'assoupir.

C'est l'heure où, du fond des prairies,
Le pasteur revient à pas lents,
Ramenant les troupeaux bêlans
Vers l'humble toit des bergeries;
C'est l'heure où le vieux métayer,

Comme un patriarche rustique,
Goûte en son modeste foyer
La paix du bonheur domestique.
Les chèvres et leurs nourrissons
Quittent les rocs et les buissons
Pour redescendre dans la plaine,
Auprès du bœuf pesant qui traîne
Le soc producteur des moissons,
Et suit l'enfant qui le ramène.

Tandis que ces rians tableaux
Étalent leur grâce native,
La nuit, dans sa marche furtive,
Couvre par degrés les coteaux,
Et dans l'immensité ravive

Le feu des célestes flambeaux.

Quel agréable crépuscule !

Sous ces portiques odorans

Un air voluptueux circule ;

La brise du soir y module

D'harmonieux gémissemens !

Dans ces solitudes obscures,

Il ne s'élève des hameaux

Que quelques incertains murmures ;

Les forêts aux mille verdures

Semblent rembrunir leurs rameaux ;

Le jour n'indique plus sa trace

Que par de mourantes lueurs,

Et de ses dernières rougeurs

Il teint l'horizon, qui s'efface.

Dans l'azur foncé de l'éther

La blanche étoile de Vesper
Sè montre et doucement scintille ;
Du tremble au feuillage mobile
On entend les légers frissons,
Et sur les lointains horizons
Le front des peupliers oscille.
Les astres s'avancent sans bruit,
Comme une éblouissante armée ;
La robe obscure de la nuit
De points de feu paraît semée :
Ce sont autant de diamans
Ornant le marchepied splendide
De ce Dieu caché qui réside
Par-delà tous les firmamens,
Et dans ces voussures profondes
Qui s'illuminent chaque soir,

L'homme étonné lit le pouvoir
Du grand architecte des mondes !

La lune à son tour apparaît ;
Un zéphir murmurant et tiède
Comme son souffle la précède
Dans les détours de la forêt.
Astre charmant, je te salue !
Oh ! combien tu plais à ma vue,
Quand ton char monte avec lenteur
Dans la transparente étendue,
Et que ton éclat enchanteur
Des bois pénètre l'épaisseur
Et sous les rameaux s'insinue !
De ces silencieux bosquets

Tu perces l'ombre pacifique,
Et ta clarté mélancolique
M'entoure de pâles reflets;
Puis tout à coup ton auréole,
De la pudeur divin symbole,
Se voile de légers brouillards,
Et disparaît à mes regards
Comme un doux songe qui s'envole :
Mais au travers de ces vapeurs
Je vois ta lueur se répandre,
Comme un regard brille plus tendre
Sous le voile humide des pleurs!

Que les campagnes sont changées
Depuis les scènes du matin!

Des sapins les vastes rangées,

Sur le flanc des monts étagées,

Paraissent à l'œil incertain

Des colonnades prolongées.

La lune adoucit les contours

Des vieilles roches décharnées,

Et donne aux vertes graminées

L'aspect d'un tapis de velours;

Elle répand une autre aurore

Sur mille sites enchanteurs ;

Les plus enivrantes senteurs

Des plantes s'échappent encore,

Et, par les charmes de sa voix,

Complétant ces douces magies,

Philomèle attendrit les bois

De ses plaintives élégies.

Elle se tient seule à l'écart :
Mais j'entends, malgré la distance,
Ses chants que coupent avec art
Des intervalles de silence.

Dites, favoris du hasard,
Mortels, enfans de l'opulence,
Avez-vous quelque jouissance
Qui puisse approcher d'un regard
Jeté sur cette scène immense,
Et dont l'ami de l'innocence
Doive envier la moindre part ?
Que je voudrais à la nature
Pouvoir abandonner mon sort,
Et loin d'une atmosphère impure

Attendre obscurément la mort!
Non, dans mes songes de jeunesse,
Je n'ai jamais de la richesse
Rêvé les trompeuses douceurs;
Un petit clos, un toit de chaume,
A mes yeux valent un royaume,
Et tout le faste des grandeurs!

XIII.

Le 22 Mars 1594.

FRAGMENT D'UNE NOUVELLE HENRIADE.

NOTE.

L'intention de l'auteur dans cette pièce est évidente. Frappé depuis long-temps du défaut absolu de couleur historique qui règne dans l'épopée de Voltaire, il a essayé si l'on ne pourrait pas faire autrement, et rester un peu plus fidèle aux lois du costume et de la vérité. Cette esquisse a été tracée uniquement dans une vue d'art et sans la moindre arrière-pensée politique. La minutieuse exactitude des détails suffirait pour le prouver. On voit bien que le poète a voulu seulement mettre de la vie dans son œuvre, et non chercher un cadre à de misérables allusions contemporaines. Il a parlé d'écharpe blanche, de panache blanc, parce que c'est la vérité, et qu'il ne pouvait pas mettre le drapeau tricolore à la main de son Henri IV, comme on l'a mis à la main de la statue du Pont-Neuf. Que si quelques lecteurs persistaient à voir dans ceci autre chose qu'une étude toute littéraire, on les renverrait à la pièce qui termine le recueil.

XIII.

LE 22 MARS 1594.

FRAGMENT D'UNE NOUVELLE HENRIADE.

A peine les lueurs de l'aube matinale
Jetaient un faible jour sur la cité royale ;
Tout reposait encore, et des partis rivaux
Le sommeil un instant avait calmé les flots.

13

Mais dans ces remparts même où régnait le silence,
De quelques gens de bien l'active vigilance
Conspirait pour le roi, sans bruit, sans appareil,
Et préparait dans l'ombre un fortuné réveil
A ce peuple orphelin qui réclamait son père.
Brissac, Lhuillier, Langlois, Néret et Beaurepaire,
Dont, à ce titre seul, les noms ont mérité
L'honneur d'être transmis à la postérité,
Ensemble avaient juré d'abandonner Mayenne.
C'étaient de vrais Français, dont l'ame citoyenne
Voyait avec douleur le perfide Espagnol
De leur noble patrie ensanglanter le sol.

Le bon roi cependant, toujours plein d'indulgence,
Interdisait aux siens tout désir de vengeance :

« Compagnons, disait-il, épargnez les Français !

» Quand de la capitale on vous ouvre l'accès,

» Entrez-y sans courroux, sans violence aucune ;

» A vos concitoyens ne gardez point rancune ;

» Puisque de son plein gré ce peuple s'est soumis,

» Au milieu de ses murs montrez-vous en amis.

» Imitez votre roi : je pardonne aux rebelles ;

» J'oublie à tout jamais leurs méfaits, leurs libelles.

» Que le royaume entier, contraint de nous bénir,

» Conserve de ce jour un riant souvenir :

» Il serait bien moins beau de vaincre par la force

» Que de prendre Paris sans brûler une amorce ! »

Bientôt la Porte Neuve est mise en son pouvoir ;
Le gouverneur Brissac vient pour le recevoir,

Et pour lui présenter une écharpe brillante,

De brocarts enrichie et d'or étincelante.

De son attention Henri reconnaissant,

Les regards humectés, lui dit en l'embrassant :

« J'accepte ce cadeau, comte ; mais en revanche

» Votre roi vous fait don de son écharpe blanche ;

» Qu'elle soit à vos yeux comme le monument

» De mon affection, de votre dévouement.

» De plus, puisque Paris vous doit sa délivrance,

» Je vous élève au rang de maréchal de France. »

D'un prince si courtois chacun était ravi ;

Puis le prévôt Lhuillier, des échevins suivi,

Lui remet à son tour les clés de cette ville,

Où sa présence éteint la discorde civile.

Ainsi des vrais Français s'accomplit le souhait.

Ce bon maître, du sort si long-temps le jouet,

Malgré les factions, les lances espagnoles,
Les ruses de Philippe, et surtout ses pistoles,
Malgré la sainte Ligue, et Mayenne et Mercœur,
Dans les murs de Paris entre heureux et vainqueur !

Déjà de toutes parts les cloches ébranlées
Font entendre à l'envi leurs joyeuses volées.
On court, on s'interroge ; au calme de la nuit
Succèdent tout à coup l'allégresse et le bruit ;
Mille cris frappent l'air, qui s'émeut et qui vibre ;
On s'endormit esclave, on se réveille libre !
Au sein de ce tumulte, étonnés, incertains,
Les Flamands, les Wallons et les Napolitains
De leurs propres quartiers n'osent franchir la porte,
Et du bonheur public l'aspect les déconforte.

Seul de la garnison, un gros de lansquenets

Veut encor guerroyer contre le Béarnais;

Mais il tombe accablé par la valeur française.

C'en est fait : tout espoir abandonne les Seize;

Ils sentent que Bourbon, en abjurant l'erreur,

De ses loyaux sujets a regagné le cœur.

Comment lui résister, puisque Dieu le protége?

On court à sa rencontre, on grossit son cortége;

Chacun admire en lui cet air de majesté,

Tempéré de douceur et d'affabilité,

Cette ame d'un héros qui sur ses traits respire,

Ce regard noble et franc, ce gracieux sourire.

Le peuple, à son aspect, pleure et rit tour a tour;

La mère à son enfant le montre avec amour,

Et le vieillard ému par ses larmes exprime

Le bonheur de revoir son prince légitime.

Oui, Français, le voilà, le grand, le bon Henri,
L'intrépide vainqueur de Coutras et d'Ivri,
Qui, comme un gentilhomme, à Marmande, à Lectoure,
Avec son cher Rosni disputait de bravoure !
Où trouver, dans la paix, un roi plus familier ?
Où trouver, dans la guerre, un plus preux chevalier ?
Dignité naturelle et bonté généreuse,
Enjoûment tout français, audace aventureuse,
Il ne lui manque rien pour captiver le cœur
D'un peuple aimant l'esprit, la grâce et la valeur !
C'est lui qui s'écriait au milieu du salpêtre :
« Qu'on ne m'offusque pas, amis : je veux paraître ! »
Qui, durant le blocus, ravitaillait sous main
Son malheureux Paris que désolait la faim.

Vous tous qui de vos jours lui fûtes redevables,
Et que ce grand bienfait a rendus insolvables,
Quels tendres mouvemens ne ressentiez-vous pas
Pour un roi dont les soins vous sauvaient du trépas !
Quand la disette allait vous forcer à vous rendre,
Pouvant tout obtenir, il aima mieux attendre,
Et, pénétré des maux où vous étiez plongés,
Fit par les assiégeans nourrir les assiégés.
Faute à jamais illustre ! imprudence sublime !
Montrez-moi dans l'histoire un trait plus magnanime,
Un souverain plus doux, plus enclin aux bienfaits,
Et meilleur ménager du sang de ses sujets.
« J'aimerais mieux, disait cette ame noble et tendre,
» N'avoir point de Paris que de l'avoir en cendre. »
Eh bien ! Dieu maintenant récompense un bon roi :
Paris n'est point en cendre, et Paris est à toi !

Il avançait toujours, et vers la cathédrale
Dirigeait lentement sa marche triomphale.
Afin qu'on pût le voir en toute liberté,
Il avait déposé son heaume, surmonté
De ce panache blanc d'héroïque mémoire,
Qu'on ne trouva jamais qu'au sentier de la gloire !
Le peuple, à flots confus, entourait son coursier ;
On approchait de lui jusques à l'étrier.
Des gardes s'apprêtaient à refouler la presse ;
Mais lui, d'un ton ému, d'un air plein de tendresse :
« Non, dit-il ; qu'on les laisse arriver jusqu'à moi ;
» Ces bons Parisiens ont faim de voir un roi ! »
Tous voulaient lui marquer leurs transports ineffables ;
Tous promenaient sur lui des yeux insatiables.

Aux fenêtres flottaient de nombreux pavillons ;
L'air était ébranlé d'éclatans carillons,
Et dans tout le chemin les clameurs populaires
Accompagnaient le bruit des fanfares guerrières.
La paix ! vive le roi ! criait-on à l'envi.
Le peuple, dont l'amour ne peut être assouvi,
Bénit son souverain, des regards le dévore,
Et court le devancer pour le revoir encore.
Il montait avec grâce un noble palefroi.
A travers le tumulte et sur les pas du roi,
Chevauchaient les seigneurs et les chefs de la garde,
Saint-Pol, d'O, Matignon, d'Humière, Bellegarde,
Tous, la visière haute et l'épée au fourreau,
Comme signe amical dans un moment si beau ;
Puis venaient les soldats, qui, la pique baissée,
Reconnaissaient de loin, dans la foule pressée,

Leurs amis, leurs parens, qui leur tendaient les bras;
Et, derrière eux, bourgeois, artisans, magistrats,
Comme un chaos vivant, comme une mer immense,
Affluaient vers leur prince, en chantant sa clémence!

Mais de la métropole on a touché le seuil.
Pour ce peuple, assemblé quel ravissant coup d'œil!
L'ame de son monarque à la foi s'est soumise;
Il le voit de retour au giron de l'Église.
Le prêtre du Seigneur, une croix à la main,
Sous l'antique portail attend son souverain.
Il vient pour l'introduire en cette auguste enceinte,
Que le Très-Haut remplit de sa majesté sainte,
Et devant lui d'abord humblement prosterné,
Il dit : « Sire, le ciel, qui vous a couronné,

» Qui vous rend et le trône et la foi de vos pères,

» De vous, pour tout un peuple, attend des jours prospères.

» Dieu vous a fait sortir de la race des rois,

» Et son bras a rangé la France sous vos lois ;

» Mais à de grands devoirs ce bienfait vous engage :

» Imitez Jésus-Christ, dont vous voyez l'image,

» Et, suivant les sentiers de ce divin pasteur,

» Soyez de vos sujets le guide et le tuteur. »

Le roi répond alors : « J'offre à la Providence

» L'humble tribut d'un cœur plein de reconnaissance.

» Je n'ai point mérité, j'en fais ici l'aveu,

» Les insignes faveurs dont m'a comblé mon Dieu ;

» Mais je promets d'aimer le peuple qu'il me donne,

» De lui vouer mes jours, mon sang et ma personne :

» J'en atteste la Vierge et son céleste fils. »

Henri Quatre, à ces mots, baise le crucifix,

Puis va s'agenouiller au fond du sanctuaire,

Pour adresser au ciel sa fervente prière.

Soudain le *Te Deum*, à grand chœur entonné,

Signale de ce jour le succès fortuné,

Et l'orgue, secondant l'allégresse publique,

Remplit de ses cent voix l'immense basilique.

On vit, assure-t-on, dans cet heureux instant,

Un ange, sous les traits d'un jeune et bel enfant,

Qui, pour suivre Bourbon, avait quitté sa sphère,

Et semblait protéger une tête si chère.

Cependant les hérauts vont au loin publier

Que le prince est sans haine, et veut tout oublier.

Plus d'un rebelle accourt au son de la trompette ;

Partout à ses côtés on annonce, on répète,

Que le roi, s'abstenant de trop justes rigueurs,

Laisse aller l'Espagnol, et pardonne aux ligueurs ;

Que des séditieux la longue félonie

Par son mauvais succès lui semble assez punie ;

Qu'un ennemi vaincu l'a toujours adouci,

Et que les plus pervers sont reçus à merci.

Alors le partisan des princes de Lorraine

Se rassure, se livre au penchant qui l'entraîne,

Et bientôt se rallie aux autres habitans.

Il ne reste donc plus que quelques mécontens,

Irrités du pardon qu'en masse on leur octroie,

Rechignés et boudeurs quand tout est dans la joie,

Voyant avec dépit que, malgré leurs efforts,

Ce maudit Navarrois vient calmer les discords,

Des monstres, des Chatels, malheureux fanatiques,
Qui secondaient Philippe et ses lâches pratiques.
Un de ces forcenés, de colère brûlant,
Bravait son souverain par un air insolent.
Peut-être il espérait qu'on allait le proscrire ;
Mais son vœu fut trompé ; le roi s'en prit à rire :
« Cet homme, ajouta-t-il, est fâché contre moi ;
» Eh bien ! ventre saint gris, lui seul saura pourquoi !

Que de propos piquans, que d'heureuses saillies,
Par un public avide à l'instant recueillies !
Il dit aux Espagnols, qui s'en allaient confus :
« Partez ; mais, vive Dieu ! ne vous y frottez plus. »
Toujours il sut unir la gaîté cordiale
Aux beaux élans d'une ame et noble et martiale.

Gloire à ce roi chéri, qui connut l'amitié,

Que jamais malheureux ne trouva sans pitié,

Dont l'unique défaut fût un cœur trop sensible,

Qui pour tous ses sujets se montrait accessible,

Et que l'on vit parfois quitter ses courtisans,

Pour aller partager le pain des paysans !

Nos cœurs portent empreints les traits de son visage ;

Le pauvre ému s'arrête en voyant son image ;

De lui tout nous est cher : ses jurons favoris

Pour nous autres Français ont eux-mêmes leur prix.

L'ombre du soir déjà s'épandait sur la ville ;

Henri se reposait dans son royal asile.

Mais les Parisiens, ivres de leur bonheur,

Ne peuvent se lasser d'en célébrer l'auteur.

De toutes parts encor leur gaîté se déploie;

Ce ne sont que transports, que chants, que feux de joie;

On entend les enfans, les pères, s'écrier :

Puisse de saint Louis prospérer l'héritier!

Que son règne soit long, et que Dieu rémunère

Un cœur si généreux, un roi si débonnaire!

XIV.

A M. Alphonse de L***.

XIV.

A M. ALPHONSE DE L***.

On voit quelquefois sur la terre
Des êtres d'en haut inspirés,
Par un penchant involontaire
Vers la rêverie attirés ;

Ils n'ont point d'accens d'allégresse
Dans cette vie où la jeunesse
N'est qu'une illusion d'un jour;
Leur voix est angélique et triste,
Et leur cœur soupirant n'existe
Que pour la douleur et l'amour !

Chantre de la mélancolie,
Ainsi de ton luth gémissant
Par tes pleurs la fibre amollie
Rend un accord attendrissant ;
Fidèle et sublime interprète
De l'inquiétude secrète
Que nous inspire le tombeau,
Ton ame, dans son ignorance,

A la clarté de l'espérance
Entrevoit un monde nouveau.

Durant tes heures solitaires,
Occupé de l'éternité,
Touchant la mort et ses mystères
Combien ton cœur a médité!
Souvent ton active pensée
Dans l'ombre des nuits s'est fixée
Sur le froid spectre du néant,
Sur la tombe avide et muette
Où tour à tour le temps nous jette
Comme dans un gouffre béant!

Plein d'une flamme véhémente
Que rien ne saurait amortir,
Du doute affreux qui nous tourmente
Ton génie a voulu sortir ;
D'une existence passagère
Écartant l'ombre mensongère ,
Dans son essor anticipé
Vers le Créateur il s'élève ,
Négligeant pour lui ce vain rêve
Qui sera bientôt dissipé.

L'homme à tes yeux est un archange
Que la révolte de l'orgueil
Jeta du trône dans la fange
Et promit aux vers du cercueil !

De l'innocence primitive
La lueur pâle et fugitive
T'apparaît dans la nuit des temps,
Comme un inaccessible phare
Dont la tempête nous sépare
Sur l'abîme orageux des ans !

La terre, en sa première enfance,
Soumise à son roi vertueux,
Voyait l'homme errer sans défense
Près des lions respectueux.
Éden, berceau de notre race,
Temps que la Genèse retrace,
Temps d'innocence et de bonheur,
Est-il un mortel insensible

Dont votre souvenir paisible
N'ait jamais fait battre le cœur?

Tout dans ce monde nous atteste
Que nous expions nos forfaits,
Et que de l'équité céleste
Nous avons provoqué les traits.
Du malheur la vaste puissance
Semble exécuter la sentence
D'un maître ardent à nous punir;
Et chaque peuple garde encore
Des doux instans de notre aurore
L'ineffaçable souvenir!

L'homme, dans ce pélerinage

Qu'il vient accomplir ici-bas,

Est toujours dans le voisinage

De l'infortune ou du trépas ;

La vie est une coupe amère,

La gloire un phosphore éphémère,

Les biens un gage de regrets ;

Naissans, les douleurs nous accueillent,

Et nos jours fragiles s'effeuillent

Comme les rameaux des forêts !

Jamais d'un calme inaltérable

Notre univers ne peut jouir ;

Tout mortel sera misérable,

Tout rêve doit s'évanouir !

La fleur naît et se décolore,
Et la beauté qui vient d'éclore
Perd son éclat momentané ;
Le dégoût au plaisir succède,
Et le bonheur que l'on possède
Est un bonheur déjà fané !

Parmi nos biens imaginaires,
Hélas ! les chagrins et le deuil
Sont nos compagnons ordinaires
Sur le noir chemin du cercueil.
Les pleurs, voilà notre breuvage !
Comme dans un triste veuvage,
L'ame aspire au repos des morts.
Partout des plaintes assidues,

Partout des larmes répandues
Par la misère ou le remords!

Cependant la main vengeresse,
Qui porte des coups toujours sûrs,
Pour épargner notre faiblesse,
Ne nous verse point les maux purs;
Une paternelle clémence
Nous laisse l'amour, l'espérance,
Et les beautés de l'univers;
Par ces douceurs inespérées
Nos infortunes tempérées
Font couler des pleurs moins amers.

Toi donc, harmonieux Alphonse,

Dont le chant magique et vainqueur

Semble un trait brûlant qui s'enfonce

Jusqu'au plus intime du cœur;

Dis-nous l'amour et son ivresse,

Les souvenirs de la tendresse,

Les langueurs de la volupté;

Dis-nous l'existence future

Qui d'une faible créature

Fait presque une divinité!

Offre-nous surtout la peinture

Des champs, de la mer et des cieux!

Dans ces scènes de la nature

Tout est sublime ou gracieux.

Montre la source jaillissante

Comme une écharpe éblouissante

Qui se déroule dans les airs ;

Puis fais bourdonner les abeilles,

Ou murmurer à nos oreilles

Un ruisseau moins doux que tes vers !

Du char brûlant de la lumière

Trace le pompeux appareil,

Lorsque, commençant sa carrière,

Il vient éclairer ton réveil ;

Déroule au loin le lac tranquille ;

Des verts coteaux de Lucrétile

Fais-nous respirer la fraîcheur ;

Fais pour l'amour et l'infortune

Du disque pâle de la lune
Briller l'immobile blancheur !

Quand de ta lyre enchanteresse
Partent des sons mélodieux,
Mon cœur sent un poids qui l'oppresse,
Et des pleurs tombent de mes yeux ;
Ah ! je ne puis assez entendre
Cette voix solennelle et tendre,
Ces accords touchans et plaintifs ,
Qui font rêver un autre monde ,
Comme le murmure de l'onde
Se brisant contre les récifs !

XV.

L'Amant au tombeau de son Amante.

XV.

L'AMANT AU TOMBEAU DE SON AMANTE.

Dans, l'étroite prison du marbre funéraire
Le trésor de mes jours repose enseveli,
Et je viens visiter ce tertre solitaire,
Qu'environnent au loin le silence et l'oubli.

Elle est là, près de moi ; l'astre pâle et nocturne
Jette un faible rayon sur son dernier séjour :
Oh ! qu'il tarde à mon cœur de partager cette urne,
Où dorment pour jamais sa cendre et son amour !

La Parque impitoyable a brisé mon courage,
Et de mon court bonheur détruit l'enchantement ;
Comme un fleuve stérile et troublé par l'orage,
Mes jours sans avenir s'écoulent tristement.

Étoile passagère, ame pure et céleste.
Qui parus ici-bas pour charmer un mortel,

C'en est donc fait, la mort, comme un spectre funeste,
A couvert ton éclat de son voile éternel !

Dans la nuit du cercueil soudain précipitée,
Loin d'un infortuné qui t'adore et te perd,
Tu fuis, abandonnant son ame épouvantée
Au milieu d'un immense et lugubre désert !

Durant le triste cours de mes longues journées,
Couché languissamment à l'ombre d'un cyprès,
Je me retrace encor ces heures fortunées,
Éternel aliment d'amour et de regrets.

Vous ne reviendrez plus, illusions riantes,
Plaisirs du rendez-vous, furtivement goûtés,
Refus voluptueux, caresses enivrantes,
Sermens faits par l'amour, par l'amour écoutés !

Doux propos, doux regards, biens de deux cœurs fidèles,
Rêves délicieux, mais trop tôt démentis,
Transports toujours charmans, faveurs toujours nouvelles,
Vous avez disparu, dans la tombe engloutis !

Hélas ! il m'en souvient de l'heureuse soirée
Où j'obtins sur l'objet de la plus tendre ardeur
Une victoire chère et long-temps désirée,
Que disputait encor sa mourante pudeur.

Nous égarions nos pas dans un bocage antique ;
Au milieu d'un ciel pur Phébé veillait sans bruit,
Et des humides fleurs l'haleine balsamique
Imprégnait de parfums les ombres de la nuit.

Le voile vaporeux qui gazait la nature,
Des ruisseaux fugitifs les doux chuchotemens,
La fraîcheur des rameaux et leur léger murmure,
Tout portait la langueur et l'ivresse à nos sens.

Après avoir long-temps erré dans le bocage,
Par des sentiers bordés de frênes, de tilleuls,

Sur un lit de gazon, sous un ciel de feuillage,
Nous nous étions assis, brûlans d'amour et seuls.

L'astre aux rayons d'argent, perçant la sombre enceinte,
De ma belle maîtresse éclairait les attraits ;
Je la voyais en proie à cette aimable crainte,
Combat de la pudeur et des désirs secrets.

Elle laissait flotter sa chevelure brune ;
Son voile trahissait un sein éblouissant,
Comme on voit quelquefois le disque de la lune
S'échapper à demi d'un nuage ondoyant.

J'osai goûter alors les suprêmes délices ;
J'abandonnai mon ame aux plaisirs les plus purs,
Et d'un myrte touffu les ombrages complices
Cachèrent mon bonheur sous leurs cintres obscurs.

Amer ressouvenir ! image douloureuse !
J'ai vu depuis, j'ai vu l'idole de mes jours
Tomber, comme une fleur, sous la faux rigoureuse
Qui des plus beaux destins aime à trancher le cours.

La tombe, en s'entr'ouvrant, sur ses traits angéliques
Répandait une triste et touchante pâleur ;
Elle fixait sur moi des yeux mélancoliques,
Et son demi-sourire augmentait ma douleur.

Elle allait m'échapper. Ses grâces, sa jeunesse,
Rien ne devait fléchir l'inclémence du sort ;
Rien ne pouvait sauver et rendre à ma tendresse
L'être pur et chéri que réclamait la mort !

Plein d'un effroi profond, d'une rage impuissante,
Je conjurais le ciel d'épargner son destin ;
Mais le ciel était sourd. Plaintive et languissante,
La mourante appuyait sa tête sur mon sein.

Il venait cependant, l'instant, l'instant terrible,
Où j'allais perdre en elle et ma vie et mon bien,

Où ce cœur qui m'aimait, désormais insensible,
Allait cesser de battre et de répondre au mien !

Semblable à l'innocent, quand un juge implacable
Va prononcer l'arrêt qui le prive du jour,
La victime attendait le coup irrévocable
Qui devait la ravir aux baisers de l'amour !

Enfin je vis pâlir ses lèvres défaillantes,
Je vis son front glacé s'incliner dans mes bras,
Et ses regards, pareils à deux lampes mourantes,
S'éteindre sans retour dans l'ombre du trépas !

Sur la couche de mort immobile, engourdie,
Elle offrait à mes yeux ses traits décolorés ;
Mes lèvres s'attachaient sur sa main refroidie ;
J'enviais au tombeau ses restes adorés !

Telle une faible plante, en un jour desséchée,
Afflige le regard qui la vit se flétrir ;
Le doux printemps revient, mais sa tête penchée
Reste insensible et pâle, et ne peut refleurir!

Ruisseaux mélodieux, fontaines murmurantes,
Vous qui la connaissiez, partagez ma douleur ;
Vos miroirs vacillans, vos ondes transparentes,
Ne réfléchiront plus les traits chers à mon cœur !

Nous n'irons plus, le soir, au milieu de la plaine,
Écouter des troupeaux les lointains bêlemens,
Et promener nos yeux sur la cime incertaine
De ces longs peupliers aux doux balancemens !

Nous n'irons plus goûter le frais de cette grotte,
Où le lierre, enlaçant ses réseaux toujours verts,
Forme un épais tissu qui retombe et qui flotte
Comme un dais naturel suspendu dans les airs !

Nous n'irons plus gravir ce rocher d'où s'échappe
Un torrent écumeux qui tombe avec effort,

Et, plus loin s'étendant en immobile nappe,
A la base des monts fait silence et s'endort !

Adieu, lac enchanteur dont le paisible cygne
Parcourt les flots d'azur, lentement sillonnés !
Adieu, treillage agreste, où l'amoureuse vigne
Laissait courir sur nous ses pampres festonnés !

Adieu, vieille forêt aux sombres avenues,
Chêne qui t'arrondis en vaste parasol,
Souffle frais du matin qui balances les nues,
Roc immense et désert d'où l'aigle prend son vol !

Au printemps de ses jours j'ai perdu mon amie :
Tout se couvre à mes yeux d'un nuage de deuil ;
Sur la terre d'exil ma course est accomplie,
Et je n'aspire plus qu'au repos du cercueil.

Toi seule peux guérir ma blessure cruelle,
O mort ! viens me frapper ; je t'attends sans effroi :
Espérance, plaisirs, tendresse mutuelle,
Tous les biens de la vie ont disparu pour moi !

XVI.

Une Bataille navale.

16

XVI.

UNE BATAILLE NAVALE.

Retentissez partout, clameurs, salves, fanfares !
L'antique labarum a vaincu les barbares

Guidés par Mahomet !
Noble ligue de rois, croisade européenne,
Sans toi l'assassinat de la Grèce chrétienne
Bientôt se consommait.

En vain la charité lui portait ses aumônes :
Elle implorait de loin l'assistance des trônes
Pour ses malheureux fils,
Et, sur les Osmanlis appelant l'anathème,
Elle courbait son front scellé par le baptême
Aux pieds du crucifix.

Eh ! quoi, s'écriait-elle en montrant ses blessures,
Nul ne s'armera donc pour venger les injures

D'un illustre pays !
O vous que l'Éternel ceignit du diadème,
Ordonnez mon salut, et dans le moment même
     Vous serez obéis.

La Grèce est votre sœur, et comme vous révère
Celui qui des humains, au sommet du Calvaire,
     Acquitta la rançon :
Du secours de vos bras jugez-vous donc indigne
Ce peuple valeureux qui combat sous le signe
     De la Rédemption ?

Au nom du seul vrai Dieu dont le succès émane,
Garantissez enfin de la rage ottomane

Mes braves montagnards ;
Sauvez ces orphelins, ces mères et ces filles,
Ce peuple mutilé, ces restes de familles
      Échappés aux poignards !

Tels étaient les accens de la Grèce plaintive ;
Elle allait expirer, et l'Europe, attentive
      A ses derniers efforts,
Le cœur plein de pitié, d'horreur et d'épouvante,
Voyait se préparer pour la race vivante
      Un éternel remords.

Votre sang crie au ciel, et vous serez vengées,
Légions de martyrs, familles égorgées

Par un peuple assassin :
L'Éternel du Croissant hâte la décadence,
Et de quelque grand coup sa sainte providence
     A mûri le dessein.

Tremblez, lâches bourreaux! Voyez-vous ces navires?
Ces pavillons unis de trois puissans empires,
     Les reconnaissez-vous ?
Voici qui va troubler votre exécrable joie,
Et de vos bras sanglans arracher cette proie
     Que mutilaient vos coups.

Comme de vieux guerriers couverts de leurs insignes,
Les vaisseaux amiraux montrent les triples lignes

De leurs canons béans ;
Tout est bouillant d'ardeur jusqu'aux plus jeunes mousses ,
Et l'habile artilleur apprête les gargousses ,
Effroi des mécréans.

Bâtimens alignés , flottantes citadelles ,
Environnez au loin les vaisseaux infidèles
De mobiles remparts ;
Qu'on ne puisse franchir la redoutable enceinte :
Point d'espoir de salut , de ressource à la feinte ,
Ni d'asile aux fuyards !

Le Turc osera-t-il provoquer notre foudre,
Ou, malgré son orgueil, pourra-t-il se résoudre

A recevoir nos lois ?

Non, la nécessité réveille son courage,

Et vers son Mahomet qui préside au carnage

Il élève la voix :

Représentant d'Allah qui parlait par ta bouche,

Père des vrais croyans, si notre honneur te touche,

Viens vers nous aujourd'hui ;

Viens du nom musulman empêcher la ruine,

Et prête à nos soldats de ta force divine

L'inébranlable appui !

Le rejeton d'Othman sur son trône sublime,

Resplendissant de gloire et seigneur légitime

Des rois de l'univers,
Ne peut-il plus briser sous sa main redoutable
L'orgueil séditieux et l'audace coupable
          D'un peuple mis aux fers ?

Le Grec est un esclave armé contre ses maîtres :
De quel droit le coursier dompté par nos ancêtres
          Repousse-t-il son mors ?
On parle de traités : la force en connaît-elle ?
Il n'est entre un vainqueur et son sujet rebelle
          D'arbitre que la mort !

De ces incirconcis bravons donc la menace,
Si nous ne voulons pas laisser de race en race

Notre empire déchoir ;
Méprisons l'appareil de leur triple alliance ;
Que la fureur nous guide, et que la confiance
Naisse du désespoir !

Nous éterniserions notre propre infamie,
Si nous perdions, au gré d'une ligue ennemie,
Le pouvoir de punir :
La Grèce restera soumise et tributaire,
Sinon nous saurons bien effacer de la terre
Jusqu'à son souvenir !

Sommes-nous pas les fils de ces guerriers terribles
Qui, promenant au loin leurs armes invincibles,

Et nés pour conquérir,
Marchaient comme un torrent qui surmonte sa rive,
Fermement résolus, pour toute alternative,
De vaincre ou de périr?

Songeons à nos sultans, l'honneur du cimeterre,
Mahomet, Amurat, Bajazet-le-Tonnerre,
Sélim et Soliman,
Qui soumirent l'Égypte, et Rhode, et Trébizonde,
Et cent autres états; car l'empire du monde
Est promis au Koran!

De nos boulets vengeurs que leurs flottes criblées
Ne puissent l'une à l'autre, à la fois accablées,

Donner aucun secours !

Que l'Europe frémisse au bruit des canonnades ,

Et que les flots souillés voiturent dans ses rades

    Les corps de ces giaours !

Du Très-Haut cependant invoquant la puissance ,

Les chrétiens, tout remplis d'ardeur et d'espérance,

    S'indignaient du repos ;

Ils voyaient à leurs pieds la Grèce malheureuse ,

Et près de l'affranchir leur fureur généreuse

    S'exhalait en ces mots :

Faisons taire à jamais leur voix blasphématoire !

Que de ce sang impur le flot expiatoire

Se mêle au flot des mers ;
Et puisse de ce jour, funeste à leur empire,
Le nom de Navarin marquer dans leur hégyre
Un immense revers !

Disparaissez ici, rivalités factices :
Laissez-nous de concert accomplir les justices
Du Dieu vivant et fort !
Un même sentiment nous guide et nous enflamme
Et le monde en attente avec orgueil proclame
Ce magnanime accord.

Peuples infortunés, les Tartares d'Asie
De la mort seulement ou de l'apostasie

Vous permettaient le choix ;
Mais sous le coutelas, victimes intrépides,
Vous braviez la fureur de ces bourreaux stupides
    En embrassant la croix !

Souvent, nobles marins, courageux Hydriotes,
Votre valeur, appui de vos compatriotes,
    Sur les flots triompha ;
Souvent dans les rochers les Turcomans farouches
Maudirent le coup d'œil, les mousquets, les cartouches,
    Des bandes d'Agrapha !

Ces brigands généreux craignaient l'Être suprême ;
La foi les soutenait, et de leur péril même

Augmentant leur ferveur,
Humbles, agenouillés dans la chapelle antique,
Ils priaient tour à tour dans quelque saint cantique
La Vierge et le Sauveur !

Malgré les cruautés d'un satrape féroce,
Ils ont su les premiers ébranler le colosse
Appesanti sur eux :
Le ciel doit la victoire à ces héros sauvages,
En qui l'on reconnaît, sous la rouille des âges,
Le sang des demi-dieux !

De sa témérité que le Turc se repente !
Ce flot qui nous soutient du combat de Lépante

Murmure encor le nom :
Qu'un nouveau déshonneur couvre le faux prophète,
Et qu'on entende au loin comme un signal de fête
Gronder notre canon !

D'Ibrahim à ces mots l'escadre est attaquée ;
Dans son asile même étroitement bloquée
Par les vaisseaux du Franc,
En glissant sur les flots vainement elle évite
Ou le fier léopard, ou l'aigle moscovite,
Ou le pavillon blanc.

Les tonnerres d'airain éclatent sans lacunes ;
D'intrépides soldats, suspendus sur les hunes,

Y pointent les pierriers.
Français, dans le danger je vois votre allégresse :
Qu'il est beau de cueillir, en délivrant la Grèce,
Les palmes des guerriers !

Cependant le combat de plus en plus s'anime ;
Les monstres de la mer sentent trembler l'abîme
Sous d'effroyables chocs ;
Avec acharnement les deux escadres luttent ;
Les fracas de la foudre au loin se répercutent
Sur l'onde et sur les rocs !

Le ciel est obscurci de rougeâtres fumées ;
Chaque navire, ouvrant ses gueules enflammées,

Mugit comme un volcan ;
Les boulets font tomber les vergues, les cordages,
Et l'affreux contre-coup des sanglans abordages
    Soulève l'océan !

Une trombe de feu qui croît et qui serpente
D'un vaisseau qui s'entr'ouvre embrasse la charpente
    Et gagne ses agrès ;
Le vaste bâtiment, forteresse navale,
Éclairé tout autour un immense intervalle
    De ses sanglans reflets.

Puis dans le sein des mers le colosse s'engouffre,
Tandis que vers la nue un tourbillon de soufre

Vole en jets foudroyans ;
Du coup qui retentit les vastes cieux s'émeuvent,
Et, lancés dans les airs, les débris au loin pleuvent
En grêlons flamboyans !

Les Turcs pensent revoir ces instans de détresse
Où Canaris, portant sa torche vengeresse,
Se confiait aux flots,
Et, fort de sa valeur qu'il opposait au nombre,
Jusque dans leur escadre, à la faveur de l'ombre,
Amenait ses brûlots.

Les tillacs sont couverts de tumultueux groupes ;
De feux dévastateurs on voit fumer les poupes

Et briller les sabords ;

Dans les canots tremblans chacun se réfugie ,

Fuyant sur cette mer de carnage rougie ,

    Où planent mille morts !

Quel salut espérer ? Les routes sont gardées.

Des navires chrétiens les terribles bordées

    Tonnent dans les brouillards ;

L'onde attaque tous ceux qu'épargne le salpêtre ,

Et de ce grand débris la Grèce va repaître

    Ses avides regards !

On voit quelques blessés s'éloigner à la nage.

Les fragmens des vaisseaux, poussés vers le rivage,

Forment un noir amas ;
Au milieu des brisans, des algues et des sables,
Flottent les bancs rompus, les pavillons, les câbles,
Les voiles et les mâts.

Levez-vous, don Juan, Scanderberg, Huniade,
Vieux ennemis des Turcs, de la sainte croisade.
Contemplez les héros !
L'Europe entonne en chœur son hymne triomphale,
Et la gloire a posé la couronne rostrale
Au front des amiraux !

Long-temps on montrera dans ces fameux parages
La place où combattaient les braves équipages

Des navires chrétiens ;
Où trois peuples rivaux, mais unis par leur culte,
De la Grèce et du Christ vengeaient la longue insulte
En vrais concitoyens !

Chio, Missolonghi, plaintives colonies,
De tant de malheureux les tristes agonies
Ont trouvé des vengeurs :
Que la Grèce tressaille et que l'air au loin vibre
Des acclamations que pousse un peuple libre,
Saluant ses sauveurs !

En vain Islam frémit de douleur et de rage ;
En vain le fier divan semble braver l'orage

Par des mots insolens :
Que de ses défenseurs il compte les cadavres ;
Qu'il regarde la mer poussant dans tous les havres
          Des flots sanguinolens !

Oui, du grand imposteur la chute s'accélère,
Et Dieu va ranimer d'un regard tutélaire
          Ces nobles régions ;
Des mers de l'Archipel les chrétiennes peuplades
Ne verront plus lutter, au milieu des Cyclades,
          Les deux religions !

Gloire au maître éternel, gloire au Dieu des armées!
Les conquérans détruits, les flottes consumées

Sont un jeu de sa main !
Puisse-t-il relever la fortune d'Athènes !
Puisse-t-il accorder le salut des Hellènes
Aux pleurs du genre humain !

XVII.

Le Créateur à sa créature.

XVII.

LE CRÉATEUR A SA CRÉATURE.

O toi que j'ai mis sur la terre
Pour y jouir de mes bontés,
Toi dont j'ai rendu tributaire
Tout ce qui vit à tes côtés,

Je t'environne de prodiges ;
Les plus admirables prestiges
A tes yeux partout sont offerts ;
Peux-tu douter de ma puissance,
Quand tu vois la magnificence
Dont j'ai revêtu l'univers ?

Lève tes yeux vers l'empyrée,
Vers tous ces globes rayonnans,
Au sein de la plaine éthérée
Par mon ordre tourbillonnans !
Dans l'incommensurable espace,
D'un vol qui jamais ne se lasse
Ils tracent leur vaste circuit,
Et tous ces colosses nomades

Sont répandus par myriades
Sur le noir manteau de la nuit !

Au fond du magnifique dôme
Que j'ai tendu d'un rideau bleu,
Chacun d'eux paraît un atome,
Un petit globule de feu.
Comme une poudre sidérale
Ma main féconde et libérale
Les sème dans l'immensité,
Pour que leur profusion même
Soit éternellement l'emblème
De mon pouvoir illimité !

Est-ce par toi que sont régies

Ces sphères au front radieux ,

Comme de fidèles vigies ,

Gardant le domaine des cieux ?

As-tu dessiné les carrières

Que dans leurs courses régulières

Elles fournissent à la fois ?

De ces miraculeux ouvrages

As-tu disposé les rouages

Et calculé les contre-poids ?

C'est ma main seule qui maîtrise

Tant de corps aux vastes contours;

C'est mon compas qui symétrise

Et leurs distances et leurs cours!

Moi seul j'ai mesuré l'orbite
De la planète qui gravite
Vers un centre brillant de feux !
Moi seul j'ai tracé dans le vide
L'ellipse où court, d'un pas rapide,
L'astre aux étincelans cheveux !

Le matin t'éveille, regarde !
Du jour le noble souverain
Des faisceaux lumineux qu'il darde
Remplit un ciel frais et serein.
Son carquois jamais ne s'épuise ;
Sur lui la faux du temps se brise,
Et, du fond de l'immensité,
Il répand la vie et la joie

Sur ton séjour lointain qu'il noie
Dans un océan de clarté !

Quand le soir éteint sa lumière,
La lune aux pâlissans reflets,
Comme un immense réverbère,
Vient illuminer ton palais;
Et sur ces sommités du globe,
Où de sa ténébreuse robe
La nuit couvre un ciel glacial,
J'allume ce grand météore,
Dragon vomissant le phosphore
Autour du pôle boréal !

Comme un mont neigeux qui voyage
Dans de majestueux déserts,
Je fais ondoyer le nuage
Dans l'azur transparent des airs;
Sur ses flancs d'or que je déplie
L'éblouissante parélie
Imprime ses fraîches couleurs,
Et sa vapeur, que je condense,
Tombe, et produit en abondance
Les fruits, les moissons et les fleurs!

Mes intarissables largesses
Coulent pour toi du haut des cieux :
Compte, si tu peux, les richesses
Que la nature offre à tes yeux !

Que de beautés elle t'étale
Des bords opulens du Bengale
A ces formidables climats',
Où le Samoyède et son renne
Dans leur course effleurent à peine
Le dos miroité des frimas !

Compare à ton architecture
Les édifices de mes mains;
Compare leur fière structure
Aux humbles travaux des humains !
Que sont tes villes les plus grandes
Auprès de ces superbes Andes,
Confus entassement de monts ?
Que sont tes frêles pyramides

Auprès de ces cariatides
Portant l'olympe sur leurs fronts ?

Vois ce rocher, vaste squelette,
Imposant dans sa nudité ;
Vois ces glaciers où se reflète
L'éclat d'un soleil irrité ;
Ici des ruines qui penchent,
Des cataractes qui s'épanchent
Dans des ravins bordés de bois ;
Là, des monts perpendiculaires,
Couronnés d'arbres séculaires,
Séjour de l'aigle et du chamois !

Vois ces ténébreuses crevasses,

Vois ces pittoresques plateaux,

D'où tombent les ronces vivaces,

Comme de verdoyans manteaux ;

Souvent au pied de la montagne

S'étend une riche campagne

Dont les parfums embaument l'air,

Tandis qu'au sommet de son cône

Jamais le printemps ne détrône

Le triste et grelottant hiver !

J'ai taillé ces pics dont le faîte,

Le soir, comme un spectre apparaît,

Et qui s'alongent en arête

Comme les tours d'un minaret.

Apprends quel est le statuaire
Qui cisela ce sanctuaire
D'or et de porphyre incrusté,
Orné d'aiguilles granitiques,
De colonnades basaltiques,
De marbres noirs de vétusté!

De ces mers, ceinture du monde,
Mes doigts ont creusé le bassin,
Et ma balance a pesé l'onde
Qui roule dans leur ample sein;
Combien d'incomparables scènes,
Combien de pompeux phénomènes
Brillent sur ces gouffres profonds!
Là sont les effets de l'orage,

Et les merveilles du mirage ,
Et les menaces des siphons !

Les flots, craintifs en ma présence,
Savent que je suis le Seigneur ,
Et ma souveraine puissance
Éveille ou calme leur fureur.
Quand l'océan frappe la terre ,
Qu'il rugit comme la panthère ,
Je n'ai qu'à lui dire : Tais-toi !
Soudain les vagues les plus hautes
Tombent mourantes sur les côtes ,
Et restent muettes d'effroi !

C'est moi qui trace les nervures
De tant de jaspes précieux,
Et qui burine les gravures
Que l'agate présente aux yeux.
C'est mon pinceau qui colorie
Les pans brisés de la scorie
Et les facettes des métaux ;
Je fais scintiller les pyrites
Et les prismes des stalagmites
Qui pendent comme des cristaux !

De mille façons découpées,
Les fleurs, les plantes, les forêts,
Ornent, habilement groupées,
Les monts, les plaines, les marais.

C'est par mon ordre que la sève
D'étage en étage s'élève
Jusqu'aux plus orgueilleux sommets;
Et je féconde les pétales
Par qui les tribus végétales
Se reproduisent à jamais !

La majestueuse amarante
Charme tes yeux par son éclat,
Et la tubéreuse enivrante
Naît pour flatter ton odorat.
Sur les ruines solitaires
Je répands les pariétaires,
Qui s'y suspendent en festons ;
Sur les monts que l'hiver assiége

Ma bouche ordonne au perce-neige
De fleurir malgré les glaçons !

Le lilas et la violette
Décorent le front du printemps ;
Comme une riche cassolette
La rose exhale un pur encens ;
Auprès de la source argentine
Vois la pastorale églantine
Sur l'onde errante se pencher ;
Ainsi qu'une vierge craintive,
Vois la modeste sensitive
Fuir le doigt qui veut la toucher !

Plus blanc que la flottante écume

Dont la mer entoure un écueil,

Ou que l'éblouissante plume,

Du cygne l'habit et l'orgueil,

Le lis, destiné pour l'empire,

Et vers le soleil qui l'attire

Prenant un généreux essor,

Sans qu'aucun appui le soutienne,

Lève sa tige aérienne

Et son calice émaillé d'or !

Je revets les longues savanes

D'un gazon onduleux et frais ;

Je suspends les souples lianes

Dans les murmurantes forêts ;

Le lierre, mobile dédale,
Cherche un appui, monte en spirale
Autour du tronc des vieux ormeaux,
Et, s'attachant à leurs écorces,
Les transforme en colonnes torses,
Portant un dôme de rameaux !

Comme les bras d'un candélabre
J'étends les branches du palmier ;
Du plus étincelant cinabre
Je teins la fleur du grenadier ;
Au bord des humides méandres
Je fais croître les oléandres
Qui forment d'élégans rideaux ;
Je plante au fond de la Norvége

Ces pins qui, du sein de la neige,
Dressent leurs fronts pyramidaux !

Dans les déserts où de Palmyre
Les débris gisent en monceau,
Les pleurs embaumés de la myrrhe
Coulent des flancs d'un arbrisseau.
En parasols, en obélisques,
Les peupliers et les lentisques
Balancent leurs feuillages verts ;
Comme de longues banderoles
Je fais flotter les algues molles
Dans le gouffre écumeux des mers !

Au vaste banquet de la vie
Où l'on vient s'asseoir tour-à-tour,
Ma générosité convie
Des milliers d'êtres chaque jour ;
Et c'est par moi que l'existence
Déroule son échelle immense
Depuis le massif éléphant
Jusqu'au ciron visible à peine,
Et dernier anneau de la chaîne
Qui vient aboutir au néant !

Dans le sein des humides plages
J'ai couvert d'un éclat changeant
Ces innombrables coquillages
Aux reflets de pourpre et d'argent ;

Du requin j'arme la mâchoire ;

J'affermis l'épaisse nageoire

Des gigantesques cachalots ;

De son royal manteau j'habille

La rouge dorade qui brille

Sous le voile azuré des flots !

Le rossignol au doux ramage

Me doit son gracieux fredon ;

Le cygne à l'éclatant plumage

Me doit son soyeux édredon !

Je peins le corps de l'oiseau-mouche ;

Je donne à l'aigle un œil farouche,

Un bec immense au pélican ;

J'orne l'élégante pintade,

J'attache un manteau de parade,
Une aigrette orgueilleuse au paon !

Je parsème de noires boucles
Le vaste flanc des léopards ;
Comme de vives escarboucles
Je fais flamboyer leurs regards.
Vois s'élancer de sa tanière
Le fier lion dont la crinière
Ressemble aux flots tumultueux ;
Vois ce roi des sables torrides
Dans les incultes thébaïdes
Marcher à bonds impétueux !

Ma main assouplit la vertèbre
Du reptile aux vivans anneaux ;
Ma main sur la robe du zèbre
Trace de réguliers bandeaux ;
De l'ours j'épaissis la fourrure ;
Du cerf j'élève la ramure ;
J'instruis l'industrieux castor ,
Et comme une cotte de mailles
J'assemble et durcis les écailles
Du monstrueux alligator !

De la sauterelle vorace
Je tends l'élastique jarret ;
Le scarabée a sa cuirasse
Et ses brassards et son armet ;

De la puissance créatrice
Brillant et merveilleux caprice,
Le petit insecte qui luit,
Comme une étincelle magique,
De sa lumière phosphorique
Brode le voile de la nuit.

Sous le rideau qu'elle se file
En tisserand laborieux,
La chenille reste immobile
Dans un repos mystérieux.
O rapide métamorphose !
Quand dans sa tombe elle s'est close.
Elle n'était qu'un humble ver ;
Recommençant son existence,

La voilà soudain qui s'élance
En léger citoyen de l'air !

Avec son admirable trompe,
L'abeille , avide de butin,
Vole de fleurs en fleurs et pompe
Le nectar caché dans leur sein.
J'ai dit aux fourmis économes
D'enseigner constamment aux hommes
La prudence et l'activité;
Chaque peuplade emplit sa grange,
Et c'est dans l'hiver que l'on mange
Les grains recueillis dans l'été !

J'ai revêtu d'un sombre crêpe
Le phalène à qui la nuit plaît,
Et de la belliqueuse guêpe
J'ai bigarré le corselet.
Je tisse la mince membrane
Qui forme l'aile diaphane
Des impalpables moucherons ;
Je tords les fibres de leurs pattes,
J'y mets des serres délicates,
D'imperceptibles éperons !

Ces frêles esquisses de l'être,
Ces atomes organisés,
Me font aussi bien reconnaître
Que les cieux, d'astres embrasés !

Oui, dans la masse universelle,

Tout, jusqu'à la moindre parcelle,

Porte l'empreinte de mon sceau,

Et ma divinité féconde

Ne brille pas plus dans un monde

Que dans le dernier vermisseau !

XVIII.

Le métier des armes.

A M. VICTOR H***.

XVIII.

LE MÉTIER DES ARMES.

A M. VICTOR H***.

Vous aimez, n'est-ce pas, ô mon ardent poète,
Du soldat dans les camps l'existence inquiète,
Le repas de la tente et les feux du bivouac,
Le fantassin dormant, la tête sur le sac,

Ou la gourde au côté, son arme en bandoulière,
Gagnant du paysan la hutte hospitalière?
Vous aimez, j'en suis sûr, et le bruit des charrois,
Et la cavalerie escortant les convois,
Ou quelque sentinelle, immobile, attentive,
La nuit au fond des bois, criant soudain : Qui vive !
Vous aimez dans un pré la voix des fourrageurs ;
Vous aimez les hussards, de tout temps tapageurs,
La fougueuse jument qui frissonne et s'effare,
Et dont le naseau fume au bruit de la fanfare,
Les obus, les boulets entassés par monceaux,
Les fusils, trois par trois, enlacés en faisceaux ;
Puis l'attaque d'un fort, l'assaut d'une redoute,
Entre deux nations quelque sanglante joute.
Car il est pour notre ame un attrait tout viril
Dans ce sang-froid de l'homme en face du péril,

Dans le son du clairon, dans l'odeur de la poudre,
Dans le bruit du canon tonnant comme la foudre,
Dans le boulet qui siffle en traversant les airs,
Dans cent mille fusils vomissant leurs éclairs,
Dans le cheval ardent qui hennit, qui se cabre,
Et dont l'œil étincelle au cliquetis du sabre !

Est-il un lâche cœur que n'électrise pas
L'image du danger, des siéges, des combats,
La bombe flamboyante, ainsi qu'un météore,
Sur des remparts fumans les drapeaux qu'on arbore,
La marche d'une armée avec ses éclaireurs,
Les campemens de nuit et leurs mille terreurs,
L'ennemi qui sur vous subitement débouche,
La perfide embuscade et la chaude escarmouche,

Les hardis tirailleurs cachés dans les buissons,
Le cavalier frappé qui vide les arçons,
La raide baïonnette, au fer triangulaire,
Des escadrons fougueux arrêtant la colère?

Venez, entourez-moi, belliqueux étendards,
Fusils qu'on voit reluire au travers des brouillards,
Canons qui vomissez des mitrailles rivales,
Sifflemens confondus des boulets et des balles,
Ennemis attaqués dans vos retranchemens,
Stratagèmes, assauts, mines, bombardemens,
Convois interceptés et places investies,
Escalades de murs et nocturnes sorties,
Glaives damasquinés, pistolets, mousquetons,
Biscaïens, feux de file et feux de pelotons!

Aux mains des artilleurs je vois fumer la mèche ;

Sur le sabre je vois le sabre qui s'ébrèche ;

Laissez-moi contempler les casques, les drapeaux,

Les carrés, murs vivans, qui tirent sans repos,

Le massif obusier, la tournoyante bombe

Qui, la mort dans ses flancs, monte au ciel et retombe !

Oui, c'est un bel état que l'état du guerrier :

Tout autre, auprès de lui, me semble roturier.

Que j'aime l'uniforme et la noble épaulette,

Le bras du cavalier où flotte l'aiguillette,

La veste des hussards aux riches brandebourgs,

Les bataillons en marche à la voix des tambours,

Sur les schakos légers l'aigrette rouge ou blanche,

Les vieux sergens portant trois chevrons sur la manche

Le voltigeur dispos, le pesant cuirassier,
Dont flamboie au soleil la poitrine d'acier,
Le sabre, courbe ou droit, d'où tombe la dragonne,
Les sonores mortiers au tir du polygone,
Les grenadiers géans et leurs vastes bonnets,
Le svelte accoutrement des lanciers polonais.,
Les gibernes de cuir bien luisantes, bien nettes,
Et les longues forêts de blanches baïonnettes!

Oh! c'est que rien n'est beau comme le havre-sac,
Comme un front ombragé par les poils d'un colback,
Comme un casque de bronze avec sa mentonnière,
Son cimier rayonnant et sa noire crinière!
Qu'un homme a bonne mine avec le hausse-col,
Avec un sabre lourd qui traîne sur le sol,

Ou couvert du dolman que suspend une agrafe,
Et montant un cheval qui frémit et qui piaffe !
Combien plaît à ma vue un long rang de soldats
Alignés comme un mur et marchant bien au pas,
Un grand front de bataille où personne ne bouge,
Sur la capote bleue une épaulette rouge,
Le large baudrier qui passe sur le cœur,
Et près duquel reluit l'étoile de l'honneur !

Vivent les pistolets, les grosses carabines,
Les bons fusils de fer à jaunes capucines,
Les uniformes bleus, blancs, gris, rouges et verts,
Avec leurs passe-poils, paremens et revers,
Le briquet large et court, propre à l'infanterie,
L'éclatante blancheur de la buffleterie,

Les pompons bigarrés, les panaches touffus,
Les canons avec bruit roulant sur leurs affûts ;
La noire sabretache où l'or dessine un chiffre,
Les tambours se mêlant aux sons aigus du fifre,
Les fantassins en marche et munis de bidons,
Le vent qui fait flotter la flamme des guidons,
Et les états-majors, fringantes cavalcades,
Avec plumes de coq et brillantes torsades !

Ce sont là tous objets que j'aime à la fureur.
Bien jeune enfant déjà, du temps de l'empereur,
Je rêvais de combats, j'idolâtrais les braves.
J'aimais nos grenadiers, avec leurs mines graves,
Leurs grands nez aquilins, leurs habits de drap bleu,
Leurs bonnets tout râpés qui revenaient du feu.

J'étais heureux de voir quelque front âpre et mâle,

Balafré par le fer et bruni par le hâle,

Quelque bon vieux grognard qui fronçât le sourcil,

Maniant comme plume un énorme fusil,

Ou seul, les bras croisés, fumant en paix sa pipe,

Un de ceux dont Charlet a buriné le type,

Vétérans immortels, toujours devant mes yeux,

Et qu'à Vienne, à Berlin, on connaît encor mieux.

Je voulais assister à toutes les revues ;

Je connaissais à fond les diverses tenues,

Les armes, le plumet, l'habit, le fourniment,

Et jusques aux boutons de chaque régiment.

Je savais tout par cœur, la garde impériale,

Les trombones d'airain, musique martiale,

Les pavés résonnant sous le poids des fourgons,

La barbe des sapeurs, le casque des dragons,

Le tambour-maître, armé de son énorme canne,
La trompette au matin qui sonne la diane,
L'ordre du colonel passant de rang en rang,
Les cuirassiers, l'hiver, avec leur manteau blanc,
La guêtre de drap noir couverte de poussière,
La botte à la hussarde ou bien à l'écuyère,
Le léger cliquetis que fait un éperon,
Le mince liséré qui borde le plastron,
Le dessus du schakot en cuir brillant et lisse,
Et l'air crâne et coquet du bonnet de police.
J'avais étudié les pistolets d'arçon,
La sangle du cheval et le caparaçon,
La bande de couleur qui longe la schabraque,
Le gros bonnet à poil et sa rougeâtre plaque,
L'honorable galon, tissu d'or ou d'argent,
Qui du simple soldat distingue le sergent.

J'aurais pu dire à quoi l'on connaît chaque grade ;

Ce que c'est que major, général de brigade,

Colonel, adjudant, caporal ou fourrier.

Je méditais sans cesse et le fifre guerrier,

Et le rauque clairon sonnant le boute-selle,

Et le sabre émoulu, dont la lame étincelle,

Et les vieux fantassins chamarrés de chevrons,

Et les grands cavaliers bouclant leurs ceinturons.

Dieu ! quel plaisir de voir manœuvrer une armée,

Au métier des combats depuis long-temps formée ;

De voir les escadrons, les artilleurs, le train,

Occuper avec ordre un immense terrain !

Quel spectacle imposant de voir l'infanterie

De ses rangs en marchant garder la symétrie,

Et ces milliers de pieds ensemble se mouvoir,

Comme ceux d'un grand corps qu'anime un seul vouloir !

Conduite par ses chefs, la compacte colonne

S'arrête, et sur trois rangs aussitôt s'échelonne;

On entend retentir le bref commandement,

La classique formule : à droite, alignement !

Puis l'œil peut à plaisir suivre ces longues files,

Ces immenses cordons de têtes immobiles.

Mais le plus beau moment c'est l'exercice à feu.

Chaque soldat, tenant l'arme par le milieu,

Attentif et muet, à la charger s'apprête,

Et pivote à demi sans détourner la tête.

Combien j'aime à les voir, raidissant le poignet,

D'un brusque coup de pouce ouvrir le bassinet,

Puis retirer le bras et saisir la cartouche,

Du même mouvement la porter à la bouche,

Amorcer et bourrer , faire craquer le chien ,

Mettre en joue et tirer sans changer de maintien !

Quel vif plaisir encor quand tout cela défile !

Et comme ils étaient beaux en traversant la ville

Ces soldats de l'empire , effroi des nations ,

Ces valeureux guerriers , phalanges de lions !

Souvent je les évoque. — O poète ! regarde ;

Vois-tu ce régiment ? c'est de la vieille garde.

Devant sont les sapeurs alignés sur deux rangs ;

Ils se font reconnaître à leurs tabliers blancs,

A leur pesante hache, à leur menton où pousse

La longue barbe noire, ou grise, ou blonde, ou rousse.

Derrière les sapeurs vient le tambour-major ,

Théâtral personnage, à larges galons d'or ;

Son colback est orné de plumes argentines ;

Fier de son baudrier, de ses rouges bottines,

De sa pesante canne à pomme de métal,

De ce luxe scénique et presque oriental,

De son habit où l'or couvre chaque couture ,

Enorgueilli surtout de sa riche stature,

Le front haut, le corps droit, le poing sur le côté,

Ce nouveau Goliath marche avec dignité,

Au milieu de la foule empressée à le suivre.

Après leur chef, frappant sur leurs caisses de cuivre,

Cheminent les tambours, puis les musiciens,

Qui font vibrer la gloire au cœur des citoyens,

Quand les hautbois, les cors, les tremblantes cymbales,

Entonnent à grand bruit leurs marches triomphales !

A cheval maintenant voici le colonel ;

Il s'avance d'un pas tranquille et solennel,

Entouré par honneur d'officiers de haut grade,

Tous étincelans d'or comme aux jours de parade.

Enfin des grenadiers vous voyez les longs rangs;

Les voilà ces héros, ces braves vétérans,

Avec leur habit bleu, leur luisante giberne,

Leur fusil nettoyé, la veille, à la caserne !

Ils semblent aux regards grandis par leurs exploits;

Sur tous les plastrons blancs on voit briller des croix;

La plaque des bonnets sur leurs fronts intrépides

Creuse, en fronçant la peau, de menaçantes rides,

Et sous leur sourcil brun leur sévère coup d'œil

Exprime le sang-froid, et la force, et l'orgueil.

Avec de tels soldats l'épaulette de laine

Vaut l'épaulette d'or que porte un capitaine.

Quelle garde, grand Dieu ! c'est un vrai mur, un roc

Qui du monde ligué repousserait le choc !

Pas un d'eux qui n'ait fait mainte et mainte campagne ,
Qui n'ait foulé l'Égypte, ou la Prusse, ou l'Espagne ;
Hôtes de l'univers , sous des cieux étrangers ,
Ils se sont aguerris contre tous les dangers :
Les uns ont de Vérone esquivé le massacre ;
Quelques autres ont eu la peste à Saint-Jean-d'Acre ;
Tous savent supporter et la soif et la faim ;
Tous se battaient jadis sans souliers et sans pain ;
Tous pourraient sur leurs corps montrer plus d'une entaille ;
Tous ont versé leur sang sur vingt champs de bataille !
Ah ! regardons-les bien , ces hommes résolus ,
Comme on n'en vit jamais, comme on n'en verra plus;
Contemplons-les long-temps, ces faces balafrées ,
Ces poitrines sans peur , d'un ruban décorées,
Ces fronts majestueux qui jamais n'ont blémi
En entendant ronfler le boulet ennemi !

C'est bien là de la belle et bonne infanterie.

A présent regardons passer l'artillerie ,

Et livrons notre cœur à des plaisirs nouveaux.

Chaque canon , tiré par quatre forts chevaux ,

Roule avec bruit, montrant sa formidable bouche,

Toujours béante et prête à saisir la gargouche.

Caissons , écouvillons „tout m'attire et me plaît ,

Surtout les artilleurs , dont l'arme est le boulet,

Avec leur plumet rouge et leur veste hongroise ,

Où la ganse en filets se dessine et se croise.

Ceux-là, j'en suis garant, savent pointer au mieux ;

Ils font bien ricocher l'obus capricieux ,

Et de plus d'une ville ont excité les transes

Par les éclats tonnans de la bombe à deux anses !

Voyez-vous s'avancer, après les canonniers,
Sur leurs grands chevaux noirs les grands carabiniers?
Qu'ils sont beaux! leur cuirasse et leur casque de cuivre
Brillent comme en hiver on voit briller le givre.
Sur leur jaune cimier, qui se courbe en croissant,
Une aigrette de crin, d'un rouge éblouissant,
S'arrondit et devant légèrement se penche.
Ils ont le sabre au poing, la garde sur la hanche,
Le coude loin du corps; on entend un bruit sourd
Que fait de leurs chevaux le trot pénible et lourd:
Tels devaient être, au temps des redresseurs d'injures,
Ces paladins couverts de pesantes armures.
Chaque homme en défilant vous lance son éclair,
Et l'on entend sonner les grands fourreaux de fer.

Quel régiment les suit? le noble corps des guides.
Superbes et montés sur des chevaux rapides,
D'un colback à longs poils leur front mâle est couvert,
Et sur le colback flotte un plumet rouge et vert.
Qu'ils sont bien costumés avec leurs sabretaches,
Leurs dolmans et surtout leurs épaisses moustaches!

Voyez ce fier cheval richement harnaché,
Qui fixe sur la foule un œil effarouché,
Et qui, les flancs couverts d'une éclatante housse,
Mâche en caracolant son mors tout blanc de mousse!
Puis, regardez sur lui ce brillant officier,
Qui dompte et rend soumis l'indocile coursier.
Quelle grâce à la fois et quel air militaire!
Tranquillement assis sur la peau de panthère,

Il brandit un damas de l'acier le plus pur,
Où l'on voit briller l'or incrusté dans l'azur.
De ses bottes à glands admirez l'élégance,
Son pantalon brodé d'arabesques de ganse,
Sa ceinture où la soie et l'argent mariés
Présentent aux regards des reflets variés,
Et, pour que rien ne manque à sa noble parure,
Son dolman rouge orné d'une blanche fourrure !

Distinguez-vous là-bas un splendide drapeau ?
C'est celui des dragons, aux culottes de peau ;
Reconnaissez leur main d'un long buffle gantée,
Leur casque revêtu d'une peau mouchetée,
Leur cimier d'or où pend une touffe de crins,
Dont les flots ondoyans leur tombent sur les reins,

Leurs fusils suspendus et leurs grandes épées,
Dans le sang ennemi plus d'une fois trempées.

Venez à votre tour, grenadiers à cheval,
Sabreurs déterminés, corps fier et sans rival !
Leur bras droit est orné d'aiguillettes orange.
Pour fixer leur bonnet que le galop dérange,
Longeant les favoris, deux chaînes de laiton
Rejoignent leurs anneaux au-dessous du menton.
Un large plastron blanc leur couvre la poitrine,
Et la grenade jaune aux basques se dessine.
Leur sabre, qui souvent força le Russe à fuir,
S'enferme en un fourreau de métal et de cuir,
Et la garde, arrondie en forme de coquille,
Couvre et défend la main sous une forte grille.

Ceux qui viennent après sont les chevau-légers
Qui, la pique à la main, affrontent les dangers;
Puis les noirs escadrons des gendarmes d'élite,
Qui comptent dans leurs rangs plus d'un brave émérite;
Ils ont de jaunes gants, un jaune ceinturon,
Le bonnet à visière et le rouge plastron.
Puis voici les hussards, troupe légère et leste,
Aux tresses de cheveux, à la pendante veste;
Puis les chasseurs, ornés de longs rangs de boutons,
Qui pour schábraques n'ont que des peaux de moutons;
Puis les lanciers fringans et vêtus d'écarlate,
Dont le schapski carré garde son nom sarmate;
Puis les bruns mameloucks, venus des bords du Nil.
Leur cimeterre est large et la lame a le fil;

Elle pourrait, dit-on, couper du fer en tranches;

Comme à tous les damas la poignée est sans branches.

Voyez le cou nerveux de ces mâles guerriers,

Leurs pantalons flottans, leurs larges étriers,

Le dossier de leur selle, et sur leur noble tête

Ce turban où reluit le croissant du prophète!

C'est ainsi que souvent, d'un long rêve bercé,

J'évoque devant moi le spectre du passé;

Je revois en esprit ces valeureuses bandes,

.Qui de l'aride Espagne avaient conquis les landes,

Et foulé tour à tour, par un merveilleux sort,

Les déserts de Syrie et les steppes du Nord.

Nous étions grands alors, et c'était une règle

Que partout la victoire accompagnât notre aigle;

Et souvent l'on voyait les imberbes conscrits
Affronter la mitraille en soldats aguerris !
Ressuscitons les traits de cette ère de gloire,
Et qu'aucun citoyen n'en perde la mémoire.
Peut-être, ô jeunes gens , le moment n'est pas loin
Où de ces souvenirs notre ame aura besoin ;
Peut-être quelque jour , malgré la paix signée ,
L'Europe méfiante et la France indignée
Se porteront encore un défi mutuel ,
Et recommenceront leur terrible duel !

Mais malheur à quiconque , en sa folle espérance ,
Osera conjurer la perte de la France ;
Malheur à qui viendra réveiller le lion ,
Et remettre sur pied la grande nation !

Du monde contre nous les ligues seraient vaines;

Car un feu généreux bouillonne dans nos veines,

Car sous Napoléon nous reçûmes le jour,

Car nos pères sont vieux et c'est à notre tour !

Comme eux nous aimerions les sanglantes mêlées,

Les sabres rayonnans aux lames affilées,

Les solides fusils, les pesans pistolets,

La gueule des canons qui crache des boulets !

Comme eux, à la victoire ouvrant un chemin large,

Nous pourrions traverser l'Europe au pas de charge,

Et, drapeaux déployés, baïonnette en avant,

Courir du sud au nord, du couchant au levant !

Vous qui voulez la guerre, ennemis, prenez garde !

Nous portons désormais cette même cocarde

Qui sous la république et sous le consulat,

Et sous l'empire encore, a jeté tant d'éclat !

A ces hauts souvenirs nous resterions fidèles ,
Et dans l'art des combats quels seraient nos modèles ?
Bessière, Kellermann, Joubert, Saint-Cyr, Moreau,
Lefèvre, Masséna , Bernadotte , Augereau ,
Gérard, Drouot, Davoust, Kléber, Dugommier , Lanne,
Murat, Latour-Maubourg, Ney, Rochambeau, Gardanne ,
Lamarque , Macdonald , Lecourbe , Dumourier ,
Vandamme , Championnet , Pichegru , Serrurier ,
Eugène, Molitor , Hoche , Laharpe , Brune,
Soult, Lasalle, Mortier, Desaix, Jourdan, Bellune ,
Marceau, Moncey, Grouchy, Suchet, Rapp, Oudinot ,
Lobau, Rampon, Menou, Bertrand, Clausel, Junot,
Maison, Gourgaud, Cambronne, Excelmans, mille encore,
Qui tous ont illustré le drapeau tricolore !

Ainsi donc prenez garde, et ne vous hâtez pas :

Si jamais la patrie avait besoin de bras,

On verrait de nouveau comme en quatre-vingt-treize,

Des masses de soldats, chantant *la Marseillaise*,

Le fusil sur l'épaule, aux frontières courir,

Et là, se disputer le bonheur de mourir !

Nous songerions à ceux qui sous le directoire

Jadis amoncelaient victoire sur victoire ;

Pour nous piquer d'honneur, marchant à l'ennemi,

Nous nous rappellerions et Jemmape et Valmy

Et Fleurus : et ces noms rendraient forts les timides :

Nous nous rappellerions le jour des Pyramides,

Aboukir, le Thabor, Montenotte, Dego,

Arcole et Rivoli, Zurich et Marengo ;

Toujours retentiraient dans notre ame jalouse

Austerlitz, Iéna, Wagram, Lützen, Toulouse,

Noble rivalité qui ferait des soldats;

Et peut-être, au milieu de nos sanglans débats,

De la poudre des camps s'éleverait encore

Un moderne Alexandre, un héros qui s'ignore,

Quelque sous-lieutenant ou quelque caporal,

Dont l'univers un jour serait le piédestal!

Table

DES MATIÈRES.

TABLE

DES MATIÈRES.

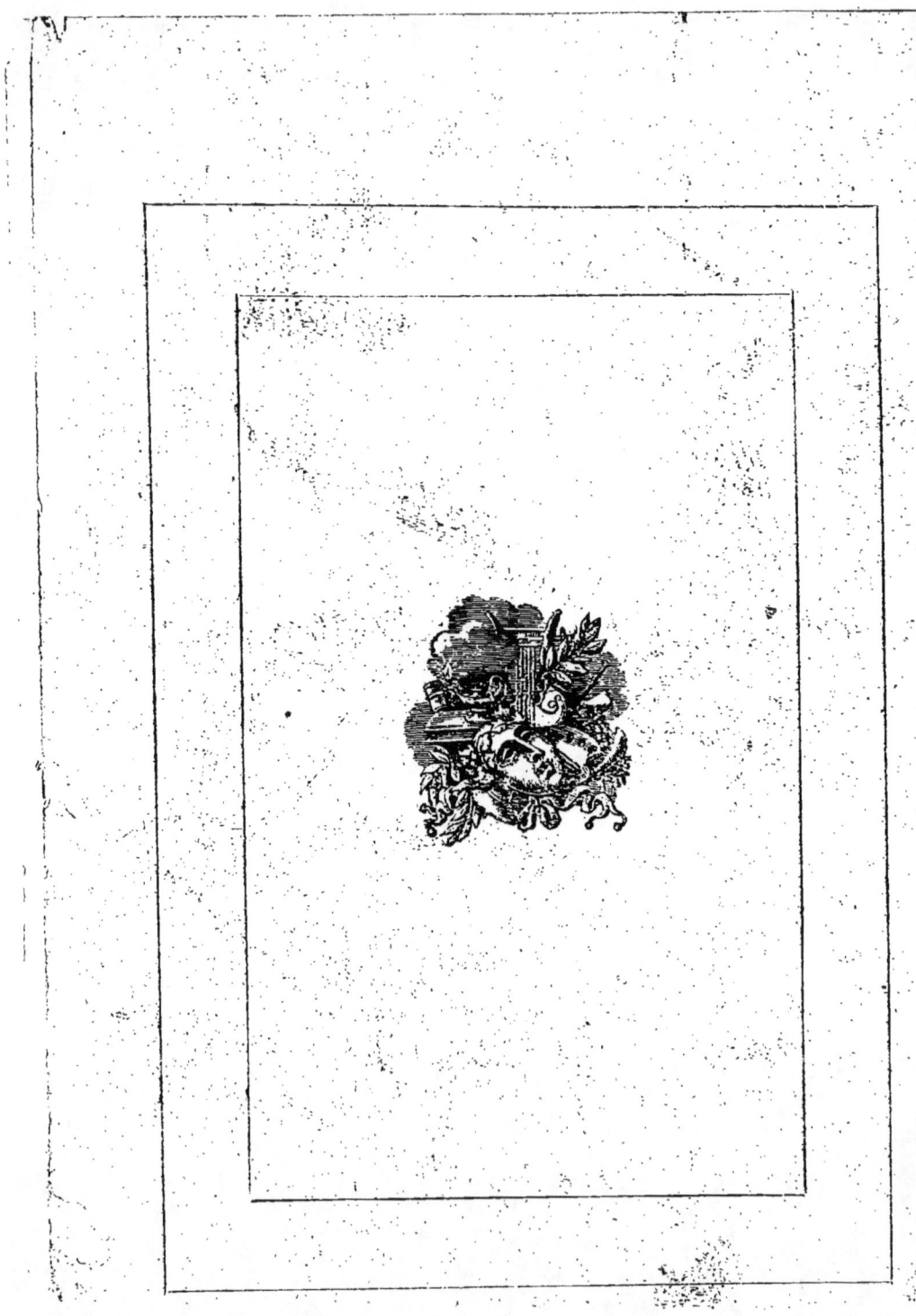